La Reina Toothiana.

LOS GUARDIANES
EL HADA
REINA DE LOS
DIENTES

LOS GUARDIANES

EL HADA
REINA DE LOS
DIENTES

W ILLIAM J OYCE

Traducción de Arturo Peral Santamaría

bam bú

EDITORIAL

Editorial Bambú
es un sello de Editorial Casals, SA

Título original:
Toothiana, Queen of the Tooth Fairy Armies

Publicado por acuerdo con Atheneum Books for Young Readers,
un sello de Simon & Schuster Children's Publishing.

© 2012, del texto, William Joyce
© 2012, de las ilustraciones, William Joyce
© 2013, de la traducción, Arturo Peral Santamaría
© 2013, de esta edición, Editorial Casals, SA
Casp, 79 – 08013 Barcelona
Tel.: 902 107 007
www.editorialbambu.com
www.bambulector.com

Diseño de la sobrecubierta: Lauren Rille

Primera edición: marzo de 2013
ISBN: 978-84-8343-259-4
Depósito legal: B-4453-2013
Printed in Spain
Impreso en Índice, SL
Fluvià, 81-87 – 08019 Barcelona

A Trish,
porque ES una verdadera Guardiana
PARA TODOS NOSOTROS

Índice

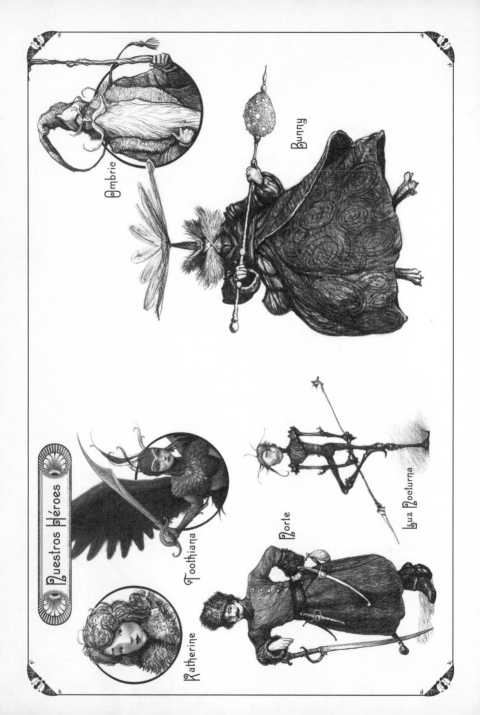

Nuestros Héroes

Ombric

Bunny

Toothiana

Katherine

Norte

Luz Nocturna

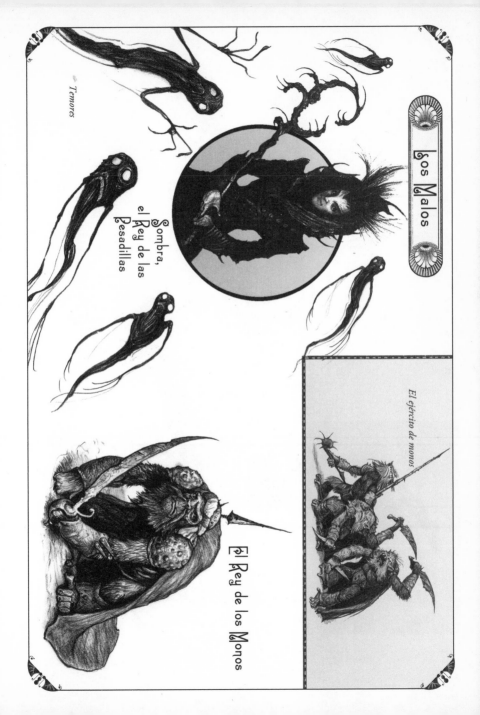

Los Malos

Temores

Sombra,
el Rey de las
Pesadillas

El ejército de monos

El Rey de los Monos

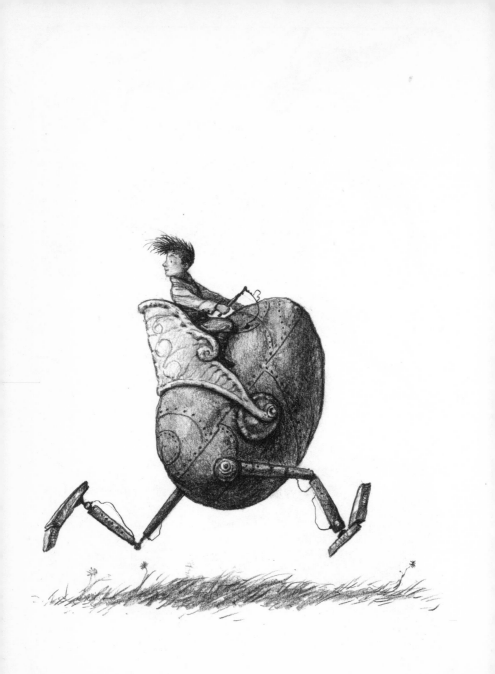

CAPÍTULO UNO

Los Cambios que Acarrea la Paz

WILLIAM EL MENOR galopaba a través del pueblo encantado de Santoff Claussen a lomos de un huevo guerrero muy grande, obsequio de Bunny, Conejo de Pascua.

—¡Si me detengo, acabaré pasado por agua! —le gritó a su amigo Fog volviendo la cabeza. Cuando jugaban a este nuevo juego de persecuciones con huevos guerreros, acabar pasado por agua significaba que el equipo de huevos contrario te atrapaba y, por tanto, perdías un punto.

Sascha y su hermano Petter estaban envueltos en una acalorada persecución a lomos de sus propios

huevos guerreros. Las patas de aquellos huevos mecánicos, delgadas como cerillas, se movían tan rápido
que se desdibujaban.

—¡Prepárate para pasar por agua! —avisó Petter. La
vara que llevaba, con la punta en forma de huevo, estaba a unos centímetros de Sascha.

—No podrás con mi cáscara —dijo Sascha con una
carcajada triunfal.

Presionó un botón y, de repente, su huevo guerrero desplegó unas alas. Voló sobre los demás y llegó la
primera a la meta.

William el Menor trotó más despacio.

—¡Alas! —refunfuñó—. ¡Ni siquiera están en las reglas!

—Las inventé ayer —replicó Sascha—. En las reglas
no dice que no se puedan usar.

Sascha no tardó en ayudar al más pequeño de los
Williams a construir su propio juego de alas de hue-
vobot. William el Menor le caía bien. Siempre inten-

taba parecer mayor, y ella apreciaba su determinación y su ánimo. Petter y Niebla, que se sentían animados e industriosos, se catapultaron a sí mismos al hueco de un árbol alto donde habían erigido un escondite consagrado a la resolución de antiguos misterios, como el porqué de la existencia de la hora de dormir o cómo hacerla desaparecer para siempre.

Al otro lado del claro, en la cabaña posada en lo alto de las ramas de la Gran Raíz —el árbol que estaba en el centro del pueblo—, su amiga Katherine observaba alegre a los niños jugar.

El aire vibraba con su feliz risa. Habían pasado muchos meses desde la batalla en el centro de la Tierra, durante la cual Sombra, el Rey de las Pesadillas, había sido derrotado estrepitosamente por el mago Ombric, su aprendiz Nicolás San Norte, su amigo Luz Nocturna y su nuevo aliado, el conejo pookano conocido como Bunny, Conejo de Pascua. Sombra, que ansiaba los sueños de niños inocentes y quería sustituirlos por pesadillas, había jurado junto a sus temores que todos los niños de la Tierra vivirían aterrados. Pero desde la gran batalla, nadie había oído ni visto señales de él, por lo que Katherine estaba empezando a desear que Sombra hubiera sido vencido para siempre.

Por su parte, las vidas de Katherine y de sus compañeros de batalla habían cambiado para siempre. El Hombre de la Luna mismo les había dado el título de «Guardianes». Ahora eran héroes, habían jurado proteger a los niños, no solo los de Santoff Claussen, sino los de todo el planeta. Habían derrotado a Sombra y el mayor de sus retos ahora era cómo hacer frente a la paz. La «pesadilla» del reinado de Sombra parecía haber terminado.

Los demás niños del pueblo llenaban sus días con travesuras y magia. Bunny, que podía cavar a través de la Tierra con sorprendente velocidad, les había fabricado una serie de túneles que conectaban el pueblo con su hogar en la Isla de Pascua, así como otros puestos fronterizos de lo más sorprendentes en todo el mundo, por lo que los niños se habían convertido en intrépidos exploradores. Cualquier día podían viajar a la sabana africana para ver leones, guepardos e hipopótamos. Ombric les había enseñado varias lenguas de animales, por lo que tenían muchas historias que escuchar y contar. Muchas de aquellas criaturas habían oído ya sus increíbles aventuras.

Los niños también solían merodear por la Isla de Pascua en busca de la última creación de chocolate confeccionada por Bunny, y les daba tiempo a volver a casa para la cena y para jugar con los compañeros mecánicos y ovales del pooka. Aquellos huevos habían sido los guerreros de Bunny; ahora ayudaban a los niños a construir todo tipo de artilugios, desde complicados rompecabezas ovales en los que todas las piezas tenían forma de huevo (una proeza casi imposible y francamente inexplicable) hasta submarinos ovalados. Pero no importaba a dónde iban o en qué ocupaban su tiempo: cuando volvían a su hogar en Santoff Claussen, les parecía el lugar más hermoso del mundo.

Katherine estaba sentada en la cabaña del árbol cuando abrazó a Kailash, un ganso blanco gigante del Himalaya, y oteó su querido pueblo. El bosque que rodeaba y protegía Santoff Claussen había florecido en una especie de primavera eterna. Los inmensos robles y las parras que habían formado un muro impenetrable para el mundo exterior estaban cubiertos de hojas de un intenso color verde. Las espinas que antaño cubrían los setos, grandes como lanzas, eran ahora flexibles y estaban revestidas de flores de dulce perfume.

A Katherine le encantaba aquel olor, así que respiró hondo. A lo lejos podía distinguir a Nicolás San Norte paseando con el Ánima del Bosque. Aquel ser bello y efímero estaba más radiante que nunca. Su

fina vestimenta estaba decorada con flores que titila-
ban como joyas. Norte conversaba animadamente con
ella, así que Katherine decidió investigar. Se subió a
lomos de Kailash y descendió volando hasta el claro,
justo a tiempo de ver a William el Menor probando
las alas nuevas con las que había equipado a su huevo
guerrero. Aterrizó y correteó hasta llegar a su lado.

—¿Nos echas una carrera, Katherine? —le preguntó. Rascó a Kailash en el cuello y el ganso le saludó con un graznido.

—¡Sí, pero más tarde! —repuso Katherine sonriendo.

Hizo señales con la mano a sus amigos y se dirigió al bosque. Se dio cuenta de que hacía bastante tiempo que ningún niño le pedía que jugara, y que hacía mucho más tiempo aún desde la última vez que había aceptado. Cuando se unió al mundo de los Guardianes, empezó una nueva y extraña fase de su vida en la que no era ni una niña ni una adulta. Mientras miraba al menor de los Williams volar con Sascha pisándole los talones, no pudo evitar sentirse algo desanimada.

Luego oyó la estrepitosa risa de Norte y, por debajo, la voz algo más musical del Ánima del Bosque. Katherine corrió hacia ellos, pensando que resultaba increíble que Norte hubiera venido por primera vez a Santoff Claussen con su banda de forajidos para robar sus tesoros. El Ánima del Bosque, la última línea defensiva del pueblo, había convertido a su grupo de asesinos y bandidos en estatuas de piedra... en elfos horribles y deformados. Pero había perdonado a Norte, ya que era el único de ellos con el corazón puro.

Cuando Katherine alcanzó al Ánima y a Norte, estaban en la parte más extraña e inquietante del bosque: el lugar donde los hombres de Norte permanecían congelados en el tiempo, como piedras en un cementerio olvidado. Con ayuda del Ánima, Norte estaba devolviendo la forma humana a sus bandidos.

Cuando el Ánima tocaba la cabeza de cada estatua, Norte repetía el mismo conjuro: «Que vuelva a ser carne lo que de piedra no era, y que sirva con honra a la amistad verdadera.» Y uno a uno regresaban de sus heladas poses. Para divertimento de Norte, no recuperaron su tamaño. Seguían siendo tan altos como cuando eran de piedra: de unos sesenta centímetros, con narices bulbosas y voces agudas e infantiles.

—Bienvenidos de vuelta —exclamó Norte, dando palmadas en la espalda a todos los hombres élficos.

Los hombres patearon el suelo con sus minúsculos pies y menearon los brazos para que la sangre fluyera de nuevo, y los niños, atraídos por la risa de Norte, no tardaron en llegar. Estaban sorprendidos. Habían jugado muchas veces entre aquellos hombrecitos de piedra y ahora se movían... De hecho, estaban vivos, lo cual intrigaba mucho a los pequeños. El mayor de los Williams, el primogénito de William el Viejo, era mucho más alto que ellos. Incluso el menor de los Williams se sentía muy feliz: por fin había alguien más bajito que él.

Mientras los niños miraban, los hombrecitos se arrodillaron ante Norte. Tomaron nombres nuevos y juraron seguir a su antiguo líder bandido en una nueva vida dedicada al bien. Gregor el Apestoso pasó a ser Gregor el Sonriente. Serguéi el Terrible ahora sería Serguéi el Risitas, y así todos los demás.

Era un momento extraño y afortunado, especialmente para Norte. Recordó la vida salvaje y rebelde de su época de bandido y todos los oscuros actos que había cometido con sus compañeros. Se había convertido en un héroe, un hombre instruido, jovial y algo sabio. Habían cambiado muchas cosas desde el momento en el que se había enfrentado a la tentación del Ánima del Bosque, desde que había rechazado las promesas de tesoros para salvar a los niños de Santoff Claussen.

Norte se volvió y miró a la joven Katherine. Sintió el peso de todo lo que habían pasado juntos. Los dos habían cambiado. Era un cambio que no llegaba a comprender, pero sabía que le alegraba. Porque, aunque aquellos tipos élficos que tenía delante habían sido sus compañeros en el crimen, Norte sabía de corazón que había estado solo. Pero todo eso formaba parte del pasado. Ese era un día nuevo. Sabía que, gracias a la amistad, la gente mala podía volverse buena y la piedra convertirse en carne.

Norte pidió con suavidad a sus cómplices que se alzasen. Lo hicieron gustosos.

Efectivamente, la paz había llegado.

Katherine tomó a Norte de la mano, y juntos dieron la bienvenida a Santoff Claussen a aquellos perplejos hombrecitos.

CAPÍTULO DOS

Los Guardianes se Reúnen

Aunque los niños habían empezado a hablar de la batalla del centro de la Tierra como de «la última batalla de Sombra», los Guardianes sabían que el Rey de las Pesadillas era retorcido y malvado. Podría estar al acecho en alguna parte, preparado para atacar.

Luz Nocturna, el misterioso niño sobrenatural que se había convertido en el mejor amigo de Katherine, exploró el cielo nocturno en busca del ejército de Sombra. Incluso viajó a las entrañas de la cueva donde había aprisionado el gélido corazón de Sombra durante siglos, pero solo encontró recuerdos de aquel tiempo oscuro. Del Rey de las Pesadillas y su ejército de temores no encontró ni un eco. Bunny tenía las orejas de conejo vueltas para detectar cualquier mala señal mientras excavaba en su sistema de túneles, y Ombric proyectaba su mente en busca de pedazos de magia oscura que se estuviera deslizando en el mundo. Norte, por su parte, estaba siendo bastante reservado. No contaba nada a nadie (excepto a sus amigos élficos) y trabajaba silenciosa y diligentemente en su enorme estudio en las profundidades de la Gran Raíz. Nadie sabía a ciencia cierta en qué estaba trabajando, pero parecía de lo más concentrado.

Cada noche, los niños clamaban por el señor Qwerty, el gusano de luz que se había transformado

en un libro mágico. Puesto que se había comido todos los libros de la biblioteca de Ombric, podía contar a los niños cualquier dato o historia que quisieran oír. Las páginas del señor Qwerty estaban en blanco, al menos hasta que empezaba a leerse a sí mismo, y entonces aparecían las palabras y los dibujos. Pero casi todas las noches los niños querían oír alguna de las historias de Katherine que guardaba el señor Qwerty, pues solo a ella le permitía escribir sobre sus páginas. Pero antes de que se leyera cualquier historia, Katherine les preguntaba por sus sueños. Ningún niño había tenido pesadillas desde la gran batalla.

Realmente no había rastro alguno de Sombra. El sol parecía brillar con más fuerza, cada día parecía más hermoso, perfecto y tranquilo. Era como si, al desaparecer Sombra, se hubiera llevado consigo todo el mal del mundo.

A pesar de todo, los Guardianes sabían que una maldad de la envergadura de la de Sombra no se rendía fácilmente. Se reunían a diario, sin hora fija, cuando les parecía correcto. El vínculo de amistad que tenían era tan fuerte que sus corazones y sus mentes estaban conectados. A menudo cada uno podía sentir lo que sentían los otros, y cuando percibían que era el momento de reunirse, de una u otra forma sabían que debían hacerlo. Entonces dejaban lo que estuvieran haciendo y acudían a la Gran Raíz, donde, con una taza de té, hablaban de cualquier señal posible del regreso de Sombra.

Aquel día en concreto, Luz Nocturna no tenía que viajar muy lejos. Se había quedado en la cima de la Gran Raíz toda la noche anterior, después de recorrer hasta el último rincón del globo al anochecer sin encontrar nada alarmante. Aunque pudiera volar eternamente y nunca durmiera, tenía el hábito de vigilar a Katherine y Kailash. La niña y el ganso habían dormido cada vez con más frecuencia en la cabaña del árbol con forma de nido, así que Luz Nocturna se unía a ellas y velaba hasta la mañana.

Entre los Guardianes, el vínculo que le unía a Katherine era el más fuerte. Pertenecía a un mundo maravilloso que transgredía palabras y descripciones.

Nunca se cansaban de la compañía del otro y sentían una punzada de pena cuando se separaban. Pero, de algún modo, incluso aquel sufrimiento era exquisito, ya que sabían que la separación no iba a durar mucho tiempo. Luz Nocturna no permitiría que eso ocurriera. Katherine tampoco. Una y otra vez habían encontrado la manera de encontrarse, por desesperadas que fueran las circunstancias.

Así, pues, Luz Nocturna se sentía en paz absoluta cuando velaba el sueño de Katherine. Dormir era para él un misterio y, de alguna manera, soñar también. De hecho, le preocupaba. Katherine estaba allí, pero no del todo. Su mente viajaba hacia el Mundo de los Sueños, donde él no podría seguirla.

A su manera infantil, deseaba acompañarla. Y esa noche encontraría un modo de colarse en el desconocido mundo de su mente dormida.

Sentado junto a Katherine y su ganso mientras dormían, alzó la vista hacia la Luna. Estaba llena y brillante. Durante aquellos tiempos tranquilos, las luces de luna se dirigían a él con menos frecuencia que antes. No había preocupaciones ni mensajes urgentes del Hombre de la Luna, por lo que Luz Nocturna podía disfrutar de la belleza de su amigo y benefactor. Pero algo en la mejilla de Katherine reflejó un destello de la Luna. Luz Nocturna se inclinó para verlo de cerca.

Era una lágrima. ¿Una lágrima? Eso le confundió. ¿Qué habría en el sueño para que Katherine llorara? Conocía el poder de las lágrimas. Su daga de diamante estaba forjada de lágrimas. Aunque aquellas eran lágrimas de desvelo. Nunca había tocado una Lágrima de Sueño. Pero antes de que pudiera pensárselo dos veces, alargó la mano y la recogió con cuidado.

Las Lágrimas de Sueño son muy poderosas, y cuando Luz Nocturna intentó mirar en su interior, casi salió despedido del árbol. Recuperó el equilibrio y miró atentamente a la minúscula gota. Dentro estaba el sueño de Katherine. Y lo que vio en su interior le abrasó el alma. Por primera vez en toda su extraña y deslumbrante vida, Luz Nocturna sintió un miedo profundo e inquietante.

Allí, atormentando los sueños de Katherine, había visto a Sombra.

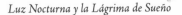

Luz Nocturna y la Lágrima de Sueño

Capítulo tres

Luz Nocturna Debe Mentir

Luz Nocturna centelleó de camino a la antesala de la Gran Raíz. Fue el último en llegar. Mantuvo cierta distancia, colocándose en lo alto de una de las estanterías. Ombric y Bunny estaban enfrascados en el estudio de un mapa de la ciudad perdida de Atlántida. Katherine observó a Luz Nocturna y se dio cuenta de inmediato de que algo le preocupaba.

Norte empezó a entretener a Ombric con noticias sobre su banda de forajidos y su nueva vida como ayudantes élficos.

La ceja izquierda de Ombric se levantó. Se notaba que aquello le divertía.

—Bien hecho, Nicolás. Veo que les aguardan cosas grandes a tus hombrecitos —dijo.

A pesar de que ninguno de los dos reconocería en voz alta sus sentimientos, Katherine sabía que Ombric estaba inmensamente orgulloso de su aprendiz, y Norte disfrutaba mucho de la aprobación de Ombric. La niña experimentó un arrebato de felicidad por los dos.

Las orejas de Bunny se agitaron. *Estos humanos y sus emociones*, pensó. *Son tan raros. ¡Les interesan más los sentimientos que el chocolate!*

—¿Alguna señal de Sombra hoy? —preguntó con educación pero con énfasis.

Norte negó con la cabeza.

—Ni rastro del rastrero.

—Ningún niño ha tenido pesadillas —informó Katherine.

Luz Nocturna no replicó. Sabía que no era cierto.

O, por lo menos, lo pensaba.

Entonces Bunny respondió a su propia pregunta:

—Nada en mis túneles… nada maligno, ni sin chocolate, ni antioval por ninguna parte.

Ombric se acarició la barba.

—Quizá los niños estén en lo cierto —caviló— y la batalla en el centro de la Tierra fuera efectivamente la última batalla de Sombra.

Norte preguntó:

—¿Será posible?

Katherine se volvió hacia Luz Nocturna. Por lo general sabía lo que pensaba, pero hoy no podía leerlo.

—Luz Nocturna —lo animó—, ¿has visto algo?

Él cambió de postura. Frunció el ceño pero negó con la cabeza.

Era la primera vez que Luz Nocturna mentía.

CAPÍTULO CUATRO

Una Celebración, una Sinfonía de Insecto y una Sensación Molesta

—Han pasado ya ocho meses desde la última vez que vimos a Sombra. Creo que antes de que cantemos victoria, deberíamos consultar con el Hombre de la Luna —dijo Ombric—. Y eso significa un viaje al…

—¡Al Lamadario Lunar! —exclamaron Bunny y Norte al unísono. El Lamadario se alzaba sobre la cima más alta de una de las montañas más altas del Himalaya, y allí Norte conoció por primera vez a los lamas lunares y al Hombre de la Luna.

Norte estaba dispuesto a marcharse en ese momento. Era una ocasión estupenda para volver a ver a los yetis guerreros que protegían la ciudad. Fueron de gran ayuda cuando Norte había estado investigando los secretos de la espada mágica que le había otorgado el Hombre de la Luna. La espada era una reliquia de la Edad de Oro, y en total había cinco de esas reliquias. Bunny también tenía una: una punta con forma de huevo para su bastón. El Hombre de la Luna había dicho que si reunían las cinco, podrían crear una fuerza lo bastante poderosa para derrotar a Sombra para siempre. Pero la paz ya parecía al alcance de la mano. Con algo de suerte, los Guardianes no tendrían que buscar más reliquias. Sin embargo, Norte había estado preguntándose cómo podría conservar sus habilidades como guerrero, o si realmente debería. Con los yetis volvería a tener competidores capaces con los que practicar su habilidad con la espada.

Ombric se dirigió a Bunny. Ni siquiera tenía que pedirle que hiciera un túnel, porque además de fabricar huevos de chocolate, cavar túneles era el pasatiempo favorito del pooka.

—Marchando un túnel —exclamó Bunny—. Estará listo en veintisiete medias yemas… un día en vuestro tiempo humano.

—Asombroso —dijo Ombric asintiendo—. Llevaremos a todo el pueblo… ¡Todos serán bienvenidos! —añadió—. Será una gran aventura. ¡Organizaremos una celebración mañana por la tarde para despedirnos!

Katherine dio unas palmadas entusiasmada. *Kailash se pondrá muy contenta al ver a los demás gansos blancos gigantes*, pensó. Se preguntaba si su ganso echaría de menos la bandada de pájaros que anidaba en la cima de la montaña de los lamas lunares.

Pero la inquietud por Luz Nocturna atemperó su entusiasmo. Lo miró, pero él no le devolvió la mirada. En su lugar, con su increíble velocidad, salió por la ventana y se adentró en el cielo azul claro. Pero Katherine se percató de que no brillaba, y su preocupación aumentó.

* * *

Al día siguiente, Santoff Claussen estaba lleno de preparativos para el viaje y la cena festiva. Los huevobots batían espumosos dulces, y las hormigas, los ciempiés y los escarabajos ordenaban la Gran Raíz mientras los gusanos de luz sacaban al claro las mesas, que se cubrirían con alimentos deliciosos. Y no hay que olvidar las ardillas, que formaban inestables montañas de nueces, y los pájaros, que llenaban sus comederos con semillas. De cada rincón y cada grieta surgían olores que hacían la boca agua.

Aquella tarde llegó al claro decorado un desfile de humanos —encabezados por los niños—, hombres élficos, insectos, aves, el gran oso, el genio, Petrov —el maravilloso caballo de Norte— y el altísimo pooka.

La Luna brillaba tanto que los aldeanos estaban seguros de que podían ver al Hombre de la Luna en persona sonriéndoles desde lo alto. Las polillas lunares brillaban y todos los búhos de Ombric ululaban suavemente. Los niños no tardaron en saltar a lomos de los renos del pueblo y hacerlos correr bajo el cielo del atardecer mientras Katherine y Kailash volaban a su lado. Las luciérnagas volaban alrededor de sus cabezas, formando aureolas de luz verdosa.

Más abajo, los elfos de Norte comían un plato tras otro de rollos de jamón, pastel de pasta y escalopes de batata. Para rematar la cena, tomaron tarta de saúco y la última creación de chocolate de Bunny: una exquisita mezcla de cacao azteca y ciruela silvestre. Mientras, le pedían a Norte que describiera las comidas que preparaban los yetis (todos ellos cocineros consagrados) en el Lamadario Lunar. Parece ser que convertirse en piedra y después volver atrás daba mucha hambre.

Incluso los grillos salieron a la luz de la Luna a tocar una especie de sinfonía de insecto que hizo las delicias de todos.

Al final, después de jugar a todos los juegos, terminar todos los alimentos y cantar todas las canciones, el pueblo de Santoff Claussen se fue a dormir.

Sin embargo, en lo alto de la cabaña del árbol, Katherine yacía despierta. Luz Nocturna había sido el único que no había asistido a la fiesta aquella noche. Y eso le preocupaba. Al igual que otra cosa: desde la última batalla, Katherine se había percatado de que en momentos tranquilos como ese su mente regresaba a Sombra y su hija, la niña pequeña a quien el Rey de las Pesadillas había cuidado y amado antes de que lo consumiera el mal. En el momento final de la batalla, Katherine le había enseñado a Sombra un guardapelo, un guardapelo que contenía la imagen de su hija. No podía dejar de pensar en la angustiada mirada de Sombra, ni en su propio deseo de ser amada tan profundamente como Sombra había amado a su hija.

¿Acaso ese sentimiento solo aparece entre padres e hijos, entre padre e hija?, se preguntaba Katherine. Ella había perdido a sus padres cuando no era más que un bebé. Lo cierto es que en Santoff Claussen mucha gente la quería y la cuidaba. Para ella, Om-

bric y Norte eran como un padre y un hermano. Pero no era lo mismo que una verdadera familia, ¿verdad? No podía evitar preguntarse si alguien llegaría a sentir la misma angustia que vio en los ojos de Sombra si llegara a perderla.

Y, además, estaba lo de Luz Nocturna. Sentía su melancolía. *Él nunca ha tenido padres*, pensó, *y parece bastante feliz*. Pero ahora algo no iba bien. Averiguaría de qué se trataba. Volvería a hacerle feliz. Y quizá entonces ella también sería feliz.

Aquel pensamiento consoló un poco a la niña de ojos grises, y, al igual que el resto del pueblo, enseguida se quedó dormida.

Pero un viento extraño sopló en Santoff Claussen. Hizo que las ramas de la cabaña del árbol

de Katherine oscilaran suavemente. Si Katherine se hubiera despertado, se habría sentido insegura, como si la estuviera observando una fuerza casi tan antigua como Sombra, cuyos motivos y actos lo cambiarían todo. Si Katherine hubiera abierto los ojos, habría visto lo que se avecinaba.

◆

CAPÍTULO CINCO

Un Viaje Alucinante
a la Cima del Mundo

A LA MAÑANA SIGUIENTE, todo el pueblo se reunió en la entrada del último y extravagante túnel de Bunny: el que les llevaría al Lamadario Lunar.

Con mucha pompa, Bunny abrió de par en par la puerta ovalada del túnel y se introdujo en el primer vagón de la extraordinaria locomotora que los llevaría a su destino a toda velocidad. Los trenes aún no se habían inventado (Bunny ayudaría en secreto a los inventores reconocidos unas décadas más tarde), así que la máquina y su tecnología seguían siendo fuente de asombro para las gentes de Santoff Claussen. Al igual que el túnel que había creado, el ferrocarril de Bunny tenía forma oval. Como cada pomo, puerta, ventana y lámpara. Se le notaba orgulloso de su creación.

Ombric, Norte, Katherine y Kailash, así como los compañeros élficos de Norte, los niños y sus padres, subieron a bordo. Bunny giraba y giraba la multitud de controles ovales.

El Ánima del Bosque agitaba sus relucientes ropajes mientras Bunny encendía el motor.

—¿No vienes? —gritó Katherine asomándose por la ventana.

El Ánima del Bosque negó con la cabeza, y las joyas de su cabello trazaron un brillo vivo, como un arco iris.

—Soy una criatura del bosque, y en el bosque permaneceré. Petrov, Oso, los huevobots, el genio y yo cuidaremos del pueblo durante vuestra ausencia.

Los jardines floridos a su alrededor parecían asentir y mostrar su acuerdo mientras los aldeanos agitaban las manos y gritaban «hasta pronto» y «te echaremos de menos».

La huevomotora de Bunny

En cuanto el tren empezó a moverse, Sascha, alborotada, se volvió hacia Katherine.

—Cuéntanos otra vez lo de los lamas lunares —dijo.

—¡Y los yetis! —añadió su hermano Petter.

Pero Katherine estaba distraída. Luz Nocturna no había subido a bordo. De hecho, no lo había visto desde la tarde del día anterior. Miró por la ventana mientras el tren iniciaba su descenso por el túnel. *¿Dónde está?* Entonces, cuando el último vagón se lanzó cuesta abajo, lo vio zambulléndose a través de la ventana del final del tren. Al instante se sintió mejor.

—Por favor, háblanos de los yetis —suplicó el menor de los Williams mientras tiraba de la manga de Katherine.

Ella se volvió hacia él con una sonrisa, a sabiendas de que Luz Nocturna estaba en el tren. Buscó en las páginas del señor Qwerty hasta que encontró el dibujo que había hecho del Gran Lama. Su rostro redondo parecía mirarles.

—Espero que os acordéis de que los lamas son hombres sabios —explicó Katherine—. ¡Son más ancianos que Ombric! Han dedicado toda su vida al estudio del Hombre de la Luna. Conocen bien a Luz Nocturna y saben que solía proteger al pequeño Hombre de la Luna durante la Edad de Oro, antes de que Sombra...

Katherine se detuvo. En ese momento no quería pensar para nada en Sombra.

—Los lamas viven en un palacio... —intervino Sascha.

—En realidad, no es un palacio. Es un lugar fantástico llamado Lamadario. —Katherine pasó página y mostró a los lamas, que brillaban como la luz de la Luna.— Ningún sitio de la Tierra está tan cerca de la Luna como el Lamadario Lunar.

—Háblanos de los yetis —rogó Petter.

—Ah, los yetis... son criaturas magníficas —dijo Katherine, pero su voz se fue apagando—. Nos ayudaron a derrotar a Sombra...

—Estoy ansiosa por verlo todo con mis propios ojos —exclamó Sascha, soñadora—. En especial al Hombre de la Luna.

El Gran Lama

—Y las montañas son tan altas que estaremos por encima de las nubes –añadió Niebla.

Los niños empezaron a parlotear entre ellos sobre las aventuras que les esperaban, sin darse cuenta de que Katherine se había quedado callada.

Se levantó del asiento. Volvía a sentirse insegura, y en ese momento la presencia de los niños no le convenía. No tenía claro dónde quería estar, si con los niños o con Norte y los demás adultos. Ni siquiera Kailash podía reconfortarla. Estaba indecisa. Se dirigió al final del tren. La única compañía que deseaba en ese momento era la de Luz Nocturna.

CAPÍTULO SEIS

El Huevo o la Gallina: un Rompecabezas

MIENTRAS LOS NIÑOS FANTASEABAN sobre su primer viaje al Himalaya, Ombric y Bunny discutían acaloradamente sobre qué fue primero, el huevo o la gallina. Ombric creía que era la gallina. Bunny, como era de esperar, creía que era el huevo. Pero el pooka tuvo que admitir que no podía dar una respuesta definitiva a la pregunta.

–Los huevos son la forma más perfecta del universo –arguyó–. Es lógico que el huevo fuera antes y que la gallina viniera después.

–¿Y de dónde vino el primer huevo si la gallina no existía? –preguntó Ombric.

—¿Y de dónde vino la gallina —señaló Bunny— si no es de un huevo?

Para sus adentros, los dos creían que habían ganado la discusión, pero en público el mago hizo una concesión al pooka. Bunny era la única criatura viva más vieja y más sabia que Ombric. De hecho, cuando Ombric no era más que un muchacho de Atlántida y estaba realizando su primer experimento con la magia, Bunny lo salvó de un trágico final.

Ombric había aprendido mucho desde su reencuentro con el pooka. Se sentía como un estudiante de nuevo. Pero quizá, pensó, él también podría enseñarle algo a Conejo de Pascua.

—¿No has conocido a los lamas lunares? —le preguntó Ombric, deseoso de enseñarle sus extrañas costumbres.

—Sí y no —contestó Bunny misteriosamente—. Resultó bastante difícil poner aquella montaña en su lugar antes de que su nave se estrellara en la Tierra, mucho antes de que comenzara lo que vosotros llamáis Historia. Así que tenemos lo que se podría denominar «cierta relación», pero ¿de verdad se llega a conocer a alguien? Es decir, nos hemos presentado, he hablado con ellos, les he leído la mente y ellos han leído la mía, pero no sé qué van a decir o hacer en el futuro o en cualquier momento, ni qué ropa interior se pondrán el martes ni por qué. ¿Verdad? ¿O realmente lo sé?

Ombric parpadeó e intentó asimilar toda aquella información. No era una respuesta demasiado clara.

–Sí, por supuesto –dijo al fin–. Esto... sí... bueno... está bien... Quizá por eso supieron dirigirnos hasta ti cuando buscábamos la reliquia. –Miró el suntuoso y enjoyado huevo en lo alto del bastón de Bunny y arqueó una ceja.– Solo nos dijeron...

–Que soy misterioso y que prefiero pasar inadvertido –dijo Bunny para completar sus palabras, haciendo virar el tren en una elegante curva oval–. Cierto, absolutamente cierto. Una verdad lapidaria, por así decir. Por lo menos hasta que tuve el grato y curioso placer de conoceros a vosotros. De lo más inesperado. Del todo inusual. Como decís vosotros, «la monda». —Bunny había desarrollado un auténtico placer por usar las nuevas expresiones que oía en compañía de quienes él llamaba «terrícolas».

Ombric sonrió a su compañero.

—Tú también me caes bien, Bunny.

Las orejas del conejo se menearon. Ese tipo de afirmaciones obvias sobre los sentimientos de los terrícolas nunca dejaban de confundirle. Pero, aunque el pooka nunca lo admitiría, Ombric sabía que estaba empezando a disfrutar la compañía de los humanos, aunque en pequeñas dosis.

A medida que se acercaban al Himalaya, Katherine recorrió un vagón tras otro, dejando atrás aldeanos parlanchines y elfos, en busca de Luz Nocturna. Los elfos de Norte trabajaban con diligencia en lo que parecían dibujos o los planos de alguna cosa. Cubrieron alegremente sus páginas para que ella no las viera. Prefirió no fisgonear, ya que aquellos hombrecitos le caían bastante bien. Además, su misión era encontrar a Luz Nocturna.

Entonces, como ocurría siempre, supo que era el momento de reunirse con los demás Guardianes, y pudo presentir que Luz Nocturna estaba con ellos. Siguió aquel sentimiento, que la llevó al vagón delantero, o más bien, como solía decir Bunny, la huevomotora.

Estaban todos allí: Norte detrás de la puerta, Ombric y Bunny manipulando alegremente los controles. Y fuera, sobre la ventana delantera, vio a Luz Nocturna, sentado y mirando al frente desde delante de la chimenea del motor. No se dio la vuelta, aunque ella sabía que había sentido su presencia. Su cabello se agitaba desordenadamente a medida que el tren avanzaba a toda velocidad. El sonido del tren era muy fuerte, pero resultaba agradable, como diez mil batidoras revolviendo innumerables huevos. *Quizá Luz Nocturna extrañe la emoción de la batalla*, pensó Katherine mientras miraba al niño inclinarse hacia delante contra el aire que pasaba a toda velocidad.

Se preguntó si a Norte le pasaría lo mismo. Estaba tarareando para sus adentros, con una mirada lejana. Algo había cambiado en el joven mago. Seguía siempre preparado para pasar a la acción, le seguía gustando inventar nuevos juguetes para los niños. (Esa misma mañana le había dado al menor de los Williams un juguete bastante curioso: un trozo de madera en forma de galleta redonda con una cuerda atada en el centro. Cuando lo lanzabas, subía y bajaba casi por arte de magia. Norte lo llamaba un «yo-yo-ho».) Y seguía fastidiando a Bunny, a quien llamaba insistentemente «Hombre Conejo», por mucho que el pooka le corrigiera una y otra vez. No obstante, Katherine presentía un cambio, un cambio que no lograba identificar. En los ratos en los que pensaba que nadie lo estaba mirando, Norte se había vuelto más silencioso, más contemplativo.

Pero no parecía triste ni melancólico ni solitario, como le ocurría a Luz Nocturna. El entusiasmo daba vida a su rostro. *¿Qué estará tramando?*, se preguntó, con la esperanza de que se lo contara cuando él estuviera listo. Ojalá pudiera estar segura de que Luz Nocturna sería igual de comunicativo. *Todos estos cambios son inquietantes. La paz es más difícil de lo que pensaba.*

Norte, sintiendo su presencia, sonrió y le acarició un rizo de la frente.

—¿Estás preparada para volver a ver al Hombre de la Luna?

Katherine le mostró una sonrisa traviesa y asintió. Notó como el tren iniciaba el ascenso. El motor se esforzó por tirar de los vagones ovales con su festivo cargamento hacia la cumbre montañosa del Himalaya. Casi habían llegado.

CAPÍTULO SIETE

Donde el Hombre de la Luna Saluda a los Guardianes con Mucha Pompa

Los Guardianes intercambiaron miradas de expectación. Incluso Bunny, que consideraba que cualquier cosa que no fuera de chocolate o que no estuviera relacionada con los huevos apenas tenía importancia, quería compartir la noticia de que pensaban que Sombra había sido derrotado.

Durante los últimos minutos del viaje, el tren había viajado en dirección completamente vertical. Katherine tuvo que agarrarse a Norte para no deslizarse por la puerta. Entonces el primer vagón salió del túnel y emergió a la clara y perfecta luz del lugar más elevado de la Tierra. Allí había una nueva estación oval para la huevomotora, y el tren se detuvo en las afueras del Lamadario Lunar.

Los hombres sabios los esperaban en el andén con sus zapatillas plateadas y sus sedosas túnicas. Se inclinaron mucho ante Luz Nocturna, que saltó con ligereza de la máquina. Al haber sido el protector del Hombre de la Luna, los lamas recibían a Luz Nocturna con la mayor reverencia. Las caras de aspecto lunar de los lamas, que solían ser inescrutables, expresaban alegría por su llegada. Y eso también pareció animar a Luz Nocturna. Pero seguía mostrándose distante con Katherine.

William el Viejo y sus hijos, junto con otros padres y sus hijos, quedaron boquiabiertos al ver el cuartel general de los lamas y el resplandor fresco, sereno y cremoso de los mosaicos de piedra lunar y ópalo. Sascha casi se cayó por la ventana del tren en un intento por ver la famosa torre del Lamadario, que era además una nave voladora. Incluso el señor Qwerty, aleteando las páginas, se apresuró hacia la puerta del tren para ver más de cerca.

Sonaron los gongs. Cientos de campanas repicaron al viento. Yaloo, el líder de los yetis, estaba con los gansos blancos en el borde de andén e hizo sonar un cuerno forjado a partir de antiguos meteoros al tiempo que los gansos graznaban un «hola» al ver a Kailash y Katherine.

Cuando los ecos de la bienvenida se acallaron, Ombric bajó al andén.

–Saludos, queridos amigos –dijo dirigiéndose al grupo–. Hemos venido a hablar con el Hombre de la Luna... y a traer noticias que consideramos históricas.

Sin duda, el anciano estaba deseando ver al Hombre de la Luna y transmitirle sus hallazgos, pero había que considerar los hábitos curiosos y lentos de los lamas. Nunca hacían nada deprisa y solían ser muy, muy, muy charlatanes. Sin embargo, para su sorpresa, parecía que los lamas estaban dispuestos a proceder.

Era muy poco usual que se apresuraran por cualquier razón, pero aquel día se llevaron a todo el mundo del tren directamente al patio del Lamadario.

Los yetis se alinearon en los límites exteriores del patio mientras los lamas colocaban a todos frente al gran gong que había en el centro.

Los niños apenas podían contener su emoción. ¡Estaban a punto de convocar al Hombre de la Luna!

El Gran Lama se deslizó hacia delante. Sonrió con serenidad y después, con una rapidez casi sorprendente, golpeó el gran gong con su cetro dorado. El sonido era dulce y fuerte. Creció y retumbó por el templo, después por las montañas a su alrededor, hasta que parecía que toda la Tierra estaba tarareando un «hola» a los cielos.

El gong empezó a centellear y el metal sólido fue transformándose en una sustancia clara y cristalina. Mientras los niños señalaban asombrados, la Luna empezó a aparecer con su lechosa luz en el centro del gong, adquiriendo volumen hasta que de los cráteres emergió un rostro. Era la cara más amable y gentil que se podía uno imaginar.

Los lamas hicieron una reverencia, al igual que los cinco Guardianes y todos los que ocupaban el patio. Al alzarse, Luz Nocturna y la amistosa luz de luna que vivía en la punta de diamante de su bastón resplandecieron a modo de saludo. Norte enderezó su espada para saludar y se percató de que había empezado a brillar. Lo mismo pasó con el huevo de la punta del bastón de Bunny. Katherine levantó su daga de la misma forma que cuando juró luchar contra Sombra tantos meses atrás, y Ombric sencillamente juntó las palmas de las manos e inclinó la cabeza mucho más a modo de reverencia.

—Zar Lunar —dijo con tono reverente—, hemos registrado la Tierra en busca de Sombra y no hemos encontrado rastro de él. ¿Podrías decirnos si está realmente derrotado?

El Hombre de la Luna

La imagen del gong vaciló y declinó como la luz de la Luna durante una noche nublada. La voz del Hombre de la Luna era profunda y casi parecía el latido de un corazón.

—Mis valerosos amigos —dijo—, cada noche envío miles de luces de luna a la Tierra y cada noche vuelven claras y sin manchas de las artes oscuras de Sombra. —Mientras hablaba, una amplia sonrisa cubrió su rostro. Los gritos de alegría retumbaron por el Lamadario. Entonces prosiguió:— Parece ser que el mundo está en el umbral de una nueva Edad de Oro. Una Edad de Oro en la Tierra. Y sois vosotros, Guardianes míos, quienes debéis guiar su creación. Es una tarea que requiere una imaginación grande y atrevida, así como sueños reflexivos.

Todos dirigieron la vista hacia Ombric, Katherine, Bunny, Norte y Luz Nocturna. Un viejo, una joven, un ser de otro mundo, un hombre que había superado un mal comienzo y, por último, un espíritu luminoso. Un grupo así, sin duda, podía traer una Edad de Oro. Pero ¿quién iba a dirigir una empresa histórica como esa?

Para sorpresa de todos, Norte fue quien dio un paso al frente.

—Tengo un plan —dijo.

Envainó la espada y alzó la otra mano, abrió la palma y mostró una pequeña caja de papel cubierta por dibujos y planos minúsculos. Katherine lo reconoció. *¡Eran los planos en los que estaban trabajando los elfos!*

—Esto fue un regalo y es el momento de cederlo —comenzó Norte, lanzando una mirada a Katherine y luego dirigiéndola al Hombre de la Luna–. Un sueño para una nueva Edad de Oro.

CAPÍTULO OCHO

El Futuro se Despliega

DICHO ESTO, NORTE CERRÓ los ojos un instante y recordó la primera lección de Ombric: el poder mágico reside en tener fe. Empezó a entonar:

—Tengo fe, tengo fe.

Ombric, Katherine e incluso Bunny se unieron a él, y pronto les siguieron todos los que estaban en el patio. La caja que Norte sostenía en la mano se abrió, mostrando una auténtica maravilla de origami.

Una ciudad mágica pareció salir de la palma de la mano de Norte. Las cejas de Ombric se alzaron. Norte se estaba convirtiendo en algo más poderoso que un guerrero o un mago. Ombric lo sentía.

Norte inclinó la cabeza hacia Katherine, cuyos ojos resplandecían. ¡Ese era el sueño que ella le había dado cuando todo parecía perdido durante una de las primeras batallas contra Sombra! Un sueño en el que Norte era una figura llena de poder y alegría, misterio y magia, y vivía en una ciudad rodeada de nieve.

Katherine le devolvió el gesto para animarlo, y Norte empezó:

—He planeado la construcción de nuevos centros de magia y aprendizaje —explicó Norte—. Un pueblo como Santoff Claussen no es suficiente, y expandirlo significaría cambiarlo. En vez de eso, lo que hace falta son nuevos lugares donde quienes posean un corazón amable y una mente inquieta, es decir, inventores, científicos, artistas y visionarios, sean bienvenidos y estimulados; donde los niños siempre estén a salvo y protegidos para que crezcan y alcancen lo mejor de sí mismos.

La ciudad de papel flotó en el aire justo sobre la mano de Norte. Había una enorme estructura con forma de castillo en el centro, rodeada de talleres y casetas. Se podía distinguir un minúsculo Nicolás San Norte dando zancadas en el centro del pueblo, acompañado por los elfos y por Petrov, su caballo. Y había una manada de renos poderosos. Los yetis también estaban allí.

Norte inclinó la cabeza y esperó la respuesta del Hombre de la Luna. Había pensado que en ese momento estaría ansioso, pero se sentía tranquilo, más tranquilo de lo que recordaba haber estado jamás. Había compartido el sueño más auténtico de su corazón.

El Hombre de la Luna miró a Norte. No tuvo que pronunciar palabra alguna. Su luminosa sonrisa lo decía todo.

CAPÍTULO NUEVE

Una Lágrima de Misterio

CON TANTO REVUELO y barullo en torno a la nueva Edad de Oro y la ciudad que Norte iba a construir, Katherine se sintió perdida en todo aquel alboroto. Los Guardianes adultos estaban en un estado de excitación frenética, hablando acaloradamente entre ellos. En realidad, no le importaba. Le hacía feliz ver que Norte y Ombric volvían a mantener profundas conversaciones; era como en los viejos tiempos. Y observar a Bunny proclamando sus ideas siempre era entretenido. Se mostraba entusiasmado siempre que los planes incluyeran chocolate o huevos. A medida que el debate continuaba, se dio cuenta de que habían hecho un ligero avance. Bunny estaba ampliando sus intereses a otros tipos de dulces.

—¡Cualquier cosa dulce tiene grandes poderes filosóficos y curativos y, como tal, podría ser clave en esta nueva Edad de Oro! —exclamó con su habitual énfasis pookano.

Los aldeanos de Santoff Claussen también estaban especulando alegremente sobre nuevas innovaciones y tecnologías. Los niños en especial se habían dejado llevar por la conmoción. Sascha y el menor de los Williams se acercaron a Katherine.

—¿Qué crees que significa todo esto? —preguntó Sascha.

Katherine reflexionó un instante y luego contestó:

—Significa que habrá que inventar, construir, ver y hacer cosas nuevas y sorprendentes.

Los ojos de Sascha y William centellearon al imaginar el aspecto que tendría aquel futuro.

Como si pudiera leerles la mente, Katherine añadió:

—Todo será... distinto.

Antes de que pudieran pedirle que se explicara, la niña vio a Luz Nocturna en la torre más alta del Lamadario y corrió tras él. Su actitud esquiva hacia ella le preocupaba cada vez más. Ya no sentía su amistad. No sentía absolutamente nada de él.

Los escalones que llevaban al campanario eran más altos de lo que había esperado y resultaron difíciles de subir. La brújula que Norte le había dado tantos meses atrás y que ella nunca se había quitado se balanceaba de un lado al otro, retumbando con cada golpe que daba en su pecho de un modo muy molesto. Pero no podía detenerse para quitársela; sencillamente siguió subiendo.

Espero que Luz Nocturna no se haya ido volando, pensó, intentando ver lo que había a la vuelta de la esquina a medida que se acercaba a los escalones superiores. Empezó a subir haciendo menos ruido. Lo distinguió a través de una ventana. Estaba sentado en un saliente. Aunque estaba de espaldas a Katherine, vio que tenía la cabeza muy inclinada, casi entre las rodillas. La luz de la punta de diamante de su bastón era débil. Y por primera vez en varios días, intuyó lo que sentía: estaba triste. Muy triste.

¡Nunca había visto a Luz Nocturna triste! Se acercó poco a poco hasta que vio que sostenía algo. Con cuidado, con mucho cuidado, sin hacer ruido alguno, se puso en equilibrio en el saliente que había justo a su lado. Tenía algo en la mano. La niña se inclinó para ver más de cerca. Era una lágrima. Una sola lágrima.

De pronto, Luz Nocturna se dio cuenta de que ella estaba allí. Se puso de pie con tanta brusquedad que la asustó. La niña vaciló un momento, agitando los brazos en busca de equilibrio.

En un instante terrible, se cayó del saliente.

CAPÍTULO DIEZ

El Diente del Destino

PRECIPITARSE HACIA LA MUERTE es una sensación extraña y perturbadora. La mente se vuelve muy ágil. El tiempo parece transcurrir más despacio. Uno es capaz de discurrir una cantidad enorme de ideas a una velocidad sorprendente. Estos fueron los pensamientos de Katherine durante los tres segundos y medio que tardó en alcanzar el empedrado del Lamadario Lunar:

¡Ay, ay, ay! ¡Caigo! ¡¡¡Me caigo!!! ¡¡¡ME CAIGO!!! ¡¡¡Esto no es bueno!!! Quizá no me esté cayendo. Porfavorporfavorporfavorporfavor, dime que no me estoy cayendo. ¡¡¡NO!!! ¡¡¡ESTOY CAYENDO!!! ¡¡¡RÁPIDO!!!

*RápidoRápidoRápidoRápido... FRENA... No PUE-
DO... Malo... Bueno... piensa... ¿Cómo paro? ¡¡¡NO
LO SÉ!!! Bueno, bueno, bueno... ODIO LA GRA-
VEDAD... ¡¡¡GRAVEDAD!!! ¡¡¡ODIO!!! ¡¡¡ODIO!!!
¡¡¡ODIO LA GRAVEDAD!!! Tengo pelo en la boca...
Mi pelo... Puaj... Escupe... Bueno... Pelo fuera de la
boca... ¡¡¡SIGO!!! ¡¡¡SIGO CAYENDO!!! ¿Una lágri-
ma? ¿Por qué Luz Nocturna estaba sosteniendo una lá-
grima?... Triste... Muy triste... ¡¡¡TRISTE!!! TRISTE
PORQUE ME CAIGO... ¿Dónde está todo el mun-
do?... Hay gente que vuela por todas partes... ¡¡¡GEN-
TE VOLADORA, AYUDA AHORA!!! ¡¡¡AHORA
MISMO!!! SOY VUESTRA AMIGA, ME CAI-
GO... CAIGO MUY DEPRIIIIISA... ¡¡¡HABLO
EN SERIO!!! ¿Dónde se han metido mis amigos volado-
res?... Hooola... Katherine cayendo... me vendría bien
que alguien me echara UNA MANO... ¡¡¡AHORA!!!
Ahora, AHORA, ¡¡¡AHORAAAAAA!!! ¿Es ese Luz
Nocturna?... No estoy segura... OH, NO, ESTOY GI-*

RANDO Y CAYENDO MÁS RÁPIDO, EL SUE-
LO SE ACERCA, MALO, MALO, MALO… SUE-
LO… buenos pensamientos… gatitos… chocolate…
ratoncitos… familia… amigos… familia… mi almo-
hada preferida… amigos… mi almohada preferida…
Norte… Ombric… LUNA… Bunny… Norte… Luz
Nocturna… ¡LUZ NOCTURNA! ¡LUZ NOCTUR-
NA! ¡LUZ NOCTURNA! ¡¡¡SÁLVAME!!!

Entonces, mientras gritaba y pensaba que su vida había terminado, tocó con la barbilla el empedrado y, de pronto, dejó de caer. Luz Nocturna la había agarrado del pie izquierdo.

Estaba flotando.

Así que Katherine ahora estaba bien. O casi. Había tocado el empedrado con la barbilla, pero el resto de su cuerpo estaba en el aire. Durante un instante estuvo sin palabras. Y cuando intentó hablar le resultó difícil. Tenía algo pequeño y duro en la boca, como una piedrita. Lo escupió instintivamente al suelo que había debajo de

ella. Lo que salió rebotando no fue una piedra sino...
¡un diente! Su diente. Su último diente de leche.

Y antes de que pudiera decir «ay», las campanas de todo el Lamadario Lunar empezaron a repicar. De repente, la tropa entera de lamas y yetis rodearon a Luz Nocturna y la niña. Cantaban y se postraban, se postraban y cantaban.

—De lo más propicio —dijo el Gran Lama.

—Un diente... —murmuró otro.

—... de una niña... —añadió uno más alto.

—... de una niña de los Guardianes —subrayó otro más redondo.

—Un diente de leche... —dijo el más bajo.

—¡El DIENTE... —exclamó el Gran Lama con un toque de asombro— DEL DESTINO!

Luego reanudaron las postraciones y los cánticos. Luz Nocturna bajó a Katherine suavemente al suelo, la ayudó a levantarse y permanecieron juntos y confusos.

*Katherine, Luz Nocturna y el vínculo
del diente perdido*

Pero lo más desconcertante para Katherine era la extraña mirada en el rostro de Luz Nocturna. Estaba intentando ocultarla. Pero no sabía cómo. Estaba demasiado desconcertado por lo que ocurría y por haber estado a punto de perder a Katherine. Ella estaba creciendo. El peor miedo de Luz Nocturna —su único miedo— se estaba haciendo realidad. No entendía el proceso de crecer. Ni siquiera sabía si él mismo podía crecer. Y no quería quedarse atrás si ella crecía. Pero la había salvado, y mientras la niña se ponía un dedo en el espacio vacío donde antes había un diente, supo que todo sería distinto. Solo podía hacer una cosa: hacer una mueca alegre cuando ella le mostrara el hueco de su sonrisa.

CAPÍTULO ONCE

Un Relato Burlesco de Dientes y Terror

NORTE, OMBRIC Y BUNNY tardaron un par de minutos en dejar de planear la Nueva Edad de Oro y comprender la importancia del diente caído de Katherine.

Fueron convocados en la biblioteca del Lamadario, y a continuación los lamas lunares llenaron la sala, presentando a Katherine y su diente con gran pompa y circunstancia, proclamando que era «el diente perdido del destino».

Bunny estaba especialmente molesto por la interrupción.

—Si Katherine está a salvo, ¿por qué tanto interés por que haya perdido un diente? —preguntó agitando una oreja–. Ni siquiera es un diente perdido. Lo lleva en la mano y ahora le crecerá otro. Es todo muy natural y, a decir verdad, bastante ordinario. Ni que hubiera perdido un huevo de chocolate trufado...

Entonces el Gran Lama describió la caída de Katherine y cómo había sido rescatada en el último momento.

Bunny sintió una punzada de vergüenza. No pretendía quitarle importancia al terrible accidente de Katherine. Pero es que un diente solo es un diente.

Los lamas continuaron.

–Nosotros, los lamas, no tenemos dientes de leche que perder –explicó el Gran Lama.

–Al menos, no tenemos datos históricos de ello –añadió el lama más bajo.

–Y nunca hemos tenido niños en el Lamadario... –señaló el lama más alto.

–... que hayan perdido un diente de leche –dijo el menos anciano de los lamas.

—Por lo que nunca nos ha visitado Su Realísima Majestad —subrayó el Gran Lama.

La mención a «Su Realísima Majestad» aumentó el interés colectivo de todos los demás.

—¿Qué Realísima Majestad? —preguntó Norte, pensando que si ese personaje vivía en el continente, seguramente le habría robado algo en sus criminales años de juventud. Ombric se inclinó hacia delante, también deseoso de oír la respuesta del Lama.

El Gran Lama pareció sorprendido ante su ignorancia.

—¡Pues Su Realísima Majestad, la Reina Toothiana, la recolectora y protectora de los dientes perdidos de los niños!

Y con esto todos los presentes arquearon las cejas. Todos excepto Bunny.

—Ah, ella —dijo con desdén—. No le gusta el chocolate. Asegura que es malo para los dientes de los niños. –Y aspiró.– Afortunadamente para la confitería, se acaban cayendo.

Pero Ombric, Norte y Katherine en especial querían saber más.

–Algo leí sobre ella una vez, creo... –empezó a decir Ombric, intentando recordar, cuando una tos sorda lo interrumpió.

Todos se volvieron. El señor Qwerty estaba en pie sobre una de las mesas de forma lunar de la biblioteca.

–El señor Qwerty sabe algo –exclamó Katherine.

El gusano de biblioteca se inclinó y les dijo:

–La historia de la Reina Toothiana se encuentra en el volumen sexto de *Curiosidades inexplicables de Oriente*.

–¡Por supuesto! Debí recordarlo yo mismo –exclamó Ombric asintiendo–. Señor Qwerty, por favor, ilústranos.

Los Guardianes se sentaron a la mesa mientras el señor Qwerty empezaba su historia.

—Para conocer la historia de la Reina Toothiana —dijo—, primero debéis oír el cuento del marajá, su esclavo Haroom y las Hermanas de Vuelo.

—¿Hermanas de Vuelo? —interrumpió Norte.

—Hermanas de Vuelo —repitió pacientemente el señor Qwerty.

La imagen de una bellísima mujer alada apareció en una de las páginas del señor Qwerty. Tenía tamaño humano, con brazos y piernas largos y esbeltos y un rostro con forma de corazón. Pero sus alas eran magníficas y sostenía un arco y una flecha de diseño extraordinario.

—¿De verdad puede volar? —preguntó Katherine impresionada.

—Por favor, dejad que os cuente la historia —dijo el señor Qwerty—. Las Hermanas de Vuelo eran una raza inmortal de mujeres aladas que gobernaba la ciudad de Punjam Hy Loo, edificada sobre la montaña más escarpada de las misteriosas tierras del Lejano Oriente. Un ejército de nobles elefantes vigilaba en la base de la montaña. Los humanos no podían entrar, ya que la selva de la montaña era un paraíso para las bestias salvajes, un lugar donde podían estar protegidas de los humanos y su insensatez.

Bunny meneó la nariz.

—Los humanos están efectivamente llenos de eso —añadió.

Las aletas de la nariz de Norte se ensancharon. Se disponía a discutir con el pooka, pero el señor Qwerty prosiguió tranquilamente.

—El padre de Toothiana era un humano llamado Haroom. Lo vendieron al nacer como esclavo para que acompañara a un joven marajá indio. A pesar de

Haroom, el esclavo
con corazón de príncipe

que fueran esclavo y señor, el marajá y Haroom se hicieron muy amigos. Pero el marajá era un niño tonto y superficial al que concedían todos los deseos, aunque eso no le hacía feliz, por lo que siempre quería más.

»Haroom, que no poseía nada, no quería nada, por lo que siempre estaba muy contento. El marajá admiraba en secreto a su amigo por eso. Haroom, por su parte, admiraba al marajá por saber lo que quería... y conseguirlo.

Katherine se acercó más al señor Qwerty y observó las imágenes de Haroom y el marajá que aparecían en sus páginas. *¿Cómo pudo un esclavo convertirse en el padre de una reina?*

El señor Qwerty enderezó sus páginas y prosiguió:

—Al marajá le gustaba cazar y matar cualquier animal de la selva, y Haroom, que nunca se cansaba de observar la poderosa elegancia de criaturas salvajes como los tigres y los leopardos de las nieves, era un rastreador excelente. Pero detestaba ver a los animales muertos, así que cuando llegaba ese momento, siempre apartaba la vista. Como era un esclavo, no podía hacer nada para detener a su señor. Y así, con Haroom como rastreador, el marajá mataba un ejemplar de cada especie en su reino y cubría las paredes de su palacio con sus cabezas a modo de trofeo. Pero el animal que más ansiaba el marajá era el que lograba eludirle.

»En el territorio montañoso donde reinaban las Hermanas de Vuelo moraba una criatura que ningún esclavo, humano o gobernante había logrado ver: el elefante volador de Punjam Hy Loo.

Katherine estaba impresionada.

—¿Un *elefante* volador?

El señor Qwerty asintió.

—Efectivamente, un elefante volador. El marajá estaba decidido a hacer lo que fuera para incluir uno en su colección, pero cada vez que intentaba abrirse paso por la montaña, el ejército de elefantes en su base lo rechazaba. Comprendió que debía encontrar otro camino para llegar a Punjam Hy Loo.

»En esos antiguos tiempos, ningún humano había descubierto el misterio del vuelo. Pero después de pedir consejo a sus magos y augures, el marajá descubrió un secreto: los niños pueden volar cuando duermen, y cuando la Luna brilla con intensidad, sus sueños pueden ser tan vívidos que se hacen realidad. Algunas veces los niños se acuerdan, pero la mayoría, no. Por eso algunas veces los niños se despiertan en la cama de sus padres sin saber cómo han llegado hasta allí... ¡porque fueron volando!

»Los magos le contaron al marajá otro secreto. —Al llegar a este punto, el señor Qwerty bajó la voz y todos los Guardianes se acercaron más a él.— La memoria de todo lo que le ocurre a un niño se almacena en sus dientes de leche. Y de este modo los magos del marajá le dieron una idea: crear una nave con los dientes que se les caen a los niños y ordenarle que recuerde el modo de volar. El marajá envió un decreto por todo su reino en el que decía que siempre que a un niño se le cayera un diente, había que llevarlo a su palacio. Sus súbditos cumplieron alegremente, y no tardó en montar una nave sin igual en el mundo.

De nuevo se formó una imagen en las páginas vacías del señor Qwerty. Era una nave de un blanco brillante, diseñada con miles de dientes engranados. Era una especie de góndola oval con alas a cada lado. El interior estaba acolchado con tapices suntuosos y cojines de diseños intricados. Y una sola lámpara colgaba de un mástil para iluminar el camino.

—Mientras, el marajá ordenó a Haroom que fabricara un arco del oro más puro y una sola flecha con punta de rubí. Cuando el arma estuvo terminada, el marajá ordenó a Haroom que se uniera a él a bordo de la nave. Entonces pronunció estas palabras mágicas:

»*Recuerda,*
recuerda
el sueño que vuela,
las mágicas noches,
la luna de seda.

»Y, tal y como habían
prometido los ma-
gos reales, la nave

El dientemóvil
volador del marajá

se alzó en silencio por el cielo, sobrevoló la selva y superó los elefantes que protegían Punjam Hy Loo.

»Descendieron de las nubes y entraron volando en la ciudad, que aún dormía. A la luz brumosa del alba, al marajá le costaba distinguir dónde acababa la selva y dónde empezaba la ciudad. Pero Haroom, acostumbrado a seguir rastros, atisbó algunos que nunca antes había visto: huellas que solo podían pertenecer a un elefante alado, ya que, aunque parecían las de un elefante normal, su aguda vista había distinguido algo extraño: un dedo de más señalando hacia atrás, como el de los pájaros.

»No tardaron mucho en encontrar el elefante volador dormido en un nido situado en las ramas más bajas de un azufaifo enorme. El marajá alzó el arco de oro y apuntó con cuidado. La punta de rubí de la flecha relucía con los primeros rayos del sol matinal. Haroom apartó la vista.

»De pronto, surgió una alarma intensa y cacofónica, como si toda criatura de Punjam Hy Loo supiera las intenciones asesinas del marajá. Cargando desde lo alto de las torres descendieron las Hermanas de Vuelo, con las alas desplegadas y pertrechadas con armas de todo tipo: espadas relucientes, dagas afiladísimas y lanzas aladas que volaban por sí mismas. Era una visión tan hermosa, tan aterradora, que Haroom y el marajá se quedaron helados.

»Entonces el marajá alzó de nuevo el arco, esta vez apuntando a las Hermanas de Vuelo. "Mira, Haroom, un trofeo aún mejor", exclamó.

»En ese preciso instante, la vida entera de Haroom cambió. Supo por primera vez lo que quería. No podía soportar ver a una Hermana de Vuelo herida. Ordenó al marajá que parara.

»El marajá no hizo ningún caso a su sirviente. Disparó la flecha. Haroom se interpuso. La punta de rubí le atravesó el pecho y el esclavo se desmoronó sobre el suelo.

»El marajá lo observó conmocionado y después se arrodilló junto a su amigo caído. Sollozando, intentó detener la sangre que le brotaba, pero no podía. Haroom se estaba muriendo.

El elefante volador de Punjam Hy Loo

»Las Hermanas de Vuelo aterrizaron a su alrededor. La más bella de las hermanas, la que el marajá planeaba matar, se acercó a ellos. "No sabíamos que un humano pudiera ser tan generoso", dijo. Sus hermanas asintieron.

»Con una mano tomó la flecha y la sacó del pecho de Haroom, después se besó las yemas de los dedos y tocó cuidadosamente su herida.

»Haroom se revolvió y sus ojos se abrieron agitados. Solo veía el rostro de la Hermana de Vuelo. Y ella solo veía al valiente y noble Haroom.

»Ya no era un esclavo.

»Ella le tomó de la mano y en ese instante sus alas desaparecieron.

»Las demás hermanas se abalanzaron furiosas sobre el marajá. Alzaron las espadas, y Haroom comprendió que pretendían matar a su antiguo dueño. "No volverá a haceros daño", dijo. "Por favor, dejad que se vaya... que se marche por donde ha venido."

»Las hermanas se miraron y aceptaron. Pero declararon que el marajá tendría que dejar todo lo que había traído consigo. El arco dorado, la flecha con punta de rubí, la nave voladora de dientes y a Haroom, su único amigo. "Y una cosa más", le dijeron. "También dejarás atrás tu vanidad y tu crueldad para que podamos conocerlas y entenderlas."

»El marajá estaba desconsolado pero aceptó.

»El elefante volador planeó desde su nido y con la trompa tocó la frente del marajá, de suerte que la vanidad y la crueldad lo abandonaron.

»Pero en cuanto desaparecieron su vanidad y su crueldad, poco quedaba: el marajá se convirtió en algo tan simple como una cría de mono. De hecho, incluso le brotó una cola y se alejó a la carrera diciendo cosas incomprensibles y menguando hasta alcanzar el tamaño de un niño pequeño.

»Su vanidad y su crueldad nunca serían olvidadas: el elefante volador las tenía y un elefante nunca olvida.

En cuanto a Haroom y la bella Hermana de Vuelo, se casaron y se quedaron en Punjam Hy Loo. Un año después tuvieron un bebé. Una niña. Generosa como su padre. De corazón puro como su madre. La llamaron Toothiana.

Toothiana de niña

CAPÍTULO DOCE

La Historia de la Reina Toothiana Continúa: un Misterio de Alas y Locura

EL SEÑOR QWERTY dio un trago de té y prosiguió:

—La hija de Haroom y Rashmi, puesto que así se llamaba la madre de Toothiana, parecía una niña mortal corriente. Como ningún niño humano habitaba en Punjam Hy Loo, sus padres pensaron que lo mejor sería criarla junto a otros mortales. Así, pues, se instalaron en las afueras de un pueblito al borde de la selva. La niña recibió amor y protección, y llevó una vida sencilla y feliz hasta que a los doce años perdió su último diente de leche. Entonces empezaron todos los problemas.

—¿Problemas? —preguntó Katherine con nerviosismo.

—Sí, problemas —contestó el señor Qwerty—. Porque cuando perdió su último diente de leche, a Toothiana le crecieron alas. Al final de aquel primer día milagroso, ya podía volar a la velocidad de un pájaro, lanzarse hasta las cimas de los árboles más altos y elegir los mangos, las papayas y los carambolos más maduros para los niños del pueblo. Jugaba con los pájaros y se hizo amiga del viento.

»Pero mientras que los niños se maravillaban con la nueva habilidad de Toothiana, los adultos del pueblo estaban desconcertados, incluso asustados, ante aquel ser mitad pájaro, mitad niña. Algunos pensaron que era un espíritu maligno al que había que matar; otros vieron formas de utilizarla, o bien como mono de feria, para enjaularla y exhibirla, o bien para obligarla a volar al palacio del nuevo marajá a robar sus joyas.

»Haroom y Rashmi sabían que para mantener a su hija a salvo tendrían que empaquetar sus escasas pertenencias y huir. Y eso hicieron, adentrándose en las profundidades de la selva. Todos los niños del pueblo, que adoraban a Toothiana, intentaron convencer a sus padres para que la dejaran en paz. Pero fue inútil. La codicia y el miedo había vuelto locos a los adultos del pueblo.

»Construyeron una jaula grande, contrataron a los mejores cazadores del lugar y les pidieron que capturaran a la jovencita. Entre ellos estaba un cazador de lo más misterioso. Nunca decía una palabra e iba envuelto de la cabeza a los pies con una tela harapienta cosida con enredaderas de la selva. Los aldeanos recelaban de él; incluso los demás cazadores creían que era raro. "Conoce la selva mejor que cualquiera de nosotros, es como si fuera más animal que persona", decían en voz baja entre ellos.

»Pero Haroom y Rashmi eran tan astutos como cualquier cazador. Haroom, que sabía todo lo que hay que saber del rastreo, podía disimular cualquier rastro para que nadie pudiera seguirlo. Y Rashmi, que podía conversar con todos los animales, consiguió su ayuda para confundir a los cazadores. Los tigres, los elefantes e incluso las pitones gigantes interceptarían a los humanos cuando se les acercaran. Pero los cazadores, ansiando las riquezas y la fama que recibirían si atrapaban a Toothiana, no pensaban rendirse.

¿Por qué los adultos a veces son tan raros y malvados?, se preguntó Katherine para sus adentros para no interrumpir la historia del señor Qwerty. Este se aclaró la voz y continuó:

—Los niños del pueblo estaban decididos a detener a los cazadores. Desafiaron a sus padres, enviando avisos a Toothiana, su madre y su padre una y otra vez en cuanto los cazadores los acechaban en la selva. Toothiana, aún más sabia, se ocultaba en la cima de los árboles durante el día y solo visitaba a sus padres durante las horas más oscuras de la noche.

»Durante semanas, los mejores cazadores de la región fueron incapaces de capturar a Toothiana. Los astutos aldeanos aguzaron el ingenio. Siguieron en secreto a sus hijos y descubrieron el escondite de Toothiana y sus padres. Dejaron un rastro de monedas para que los cazadores lo siguieran. Pero solo un cazador acudió, el que casi les daba miedo. Solo entonces el Cazador Misterioso habló. Su voz era extraña, aguda, casi cómica, pero sus palabras eran frías como la muerte. "Apresad a los padres", gruñó. "Que se sepa que les cortaré el cuello si Toothiana no se rinde. Así la Niña de Vuelo saldrá de su escondrijo."

»Su plan tenía sentido; los aldeanos hicieron lo que proponía. Atacaron el campamento de Haroom y Rashmi. Sus oponentes eran tantos que los dos se rindieron sin luchar. Le habían dicho a su inteligente hija que en ningún caso debía intentar ayudarles si los capturaban.

»Pero el Cazador Misterioso lo tenía todo planeado. Le gritaba a cualquier criatura que oía: "¡Los padres de la niña voladora morirán al alba si ella no viene!"

»Las criaturas de la selva corrieron a avisar a Toothiana de que sus padres estaban perdidos si ella no acudía. Toothiana nunca había desobedecido a sus padres, pero pensar que sus padres estaban a la dudosa merced de aquellos adultos la llenó de rabia y decisión, así que voló directamente a socorrer a sus padres. Se lanzó en picado desde las cumbres de los árboles, dispuesta a matar a cualquiera que intentara herir a su familia.

»Pero Haroom y Rashmi también eran valientes y astutos. Haroom, que nunca había hecho daño a un ser vivo, estaba dispuesto a todo para evitar que su hija fuera esclavizada. Y Rashmi, al igual que todas las Hermanas de Vuelo, había sido una gran guerrera. Cuando Toothiana se acercaba, lanzaron golpes y lucharon como posesos. Toothiana volaba de un lado a otro, flotando sobre su madre y su padre, alargando la mano hacia ellos, pero no tenía suficiente fuerza para levantarlos y llevárselos lejos de aquel tumulto enfurecido. Rashmi le puso una bolsita en las manos a su hija y le dijo: "Guarda esto para recordarnos. Guarda esto para protegerte."

»"Ahora vete", le ordenó su padre. "¡VETE!"

»Con un grito desgarrador, la niña alada obedeció las órdenes de su padre. Echó a volar, pero se detuvo sin saber qué hacer. Sus oídos estaban llenos del sonido de aquella turba vengativa que se abalanzaba sobre sus padres.

»"¡Vete!", gritó su madre.

»Toothiana se alejó volando de un modo descontrolado y desesperado. Y, entretanto, gritaba desde lo más profundo de su alma. Era el grito de dos orígenes: humano y animal. Era un grito tan dolorido y feroz que hizo que los aldeanos que estaban atacando a sus padres se quedaran momentáneamente sordos. Todos excepto... el Cazador Misterioso. Le devolvió el grito a Toothiana. Era un grito igual de perturbador: un grito de rabia y odio, más animal que humano. Toothiana supo en ese instante que tenía un enemigo mortal. Tendría que matarlo o morir.

»Pero de momento debía enfrentarse a su dolor. Voló a la cima del árbol más alto y se acuclilló en sus frondosas profundidades. No tenía lágrimas, solo la aflicción hueca de una vida que se había quedado vacía. Se meció hacia delante y hacia atrás en un trance de incredulidad que duró un día entero y una noche. Después recordó la bolsa que su madre le había puesto en las manos. La abrió temblando. Dentro había una cajita tallada en un solo rubí gigante. Estaba cubierto de adornos en forma de pluma, y Toothiana supo que aquella caja había sido la flecha con punta de rubí que casi había matado a sus padres. Dentro de la hermosa caja había un montón de dientes de leche y una nota:

Queridísima hija:

Estos son los dientes de tu infancia. Si los guardas bajo la almohada mientras duermes o los sostienes con fuerza, recordarás aquello que precises: el recuerdo de los días felices o tus deseos más profundos, o incluso a nosotros cuando los tiempos eran mejores.

Pero uno de los dientes no es tuyo. Es un diente muy poderoso, aunque desconocemos de qué ser procede. Úsalo solo en los momentos de mayor peligro o necesidad.

Tus queridísimos padres

»Toothiana seguía sin poder llorar, ni siquiera después de leer aquella carta. Durmió con los dientes de leche bajo la almohada y buscó consuelo en los sueños y los recuerdos que le daban.

CAPÍTULO TRECE

Dientes Perdidos y el Descubrimiento de un Objetivo

—TOOTHIANA PERMANECIÓ EN LA SELVA. Empezó a odiar sus alas. Antes las consideraba algo milagroso, pero ahora las veía como la causa de la muerte de sus padres. Su tristeza y su soledad no tenían límites. Las criaturas de la selva hacían lo que podían por ayudarla: le llevaban comida y procuraban que los lugares donde dormía en las cimas de los árboles fueran de lo más cómodo. Los niños del pueblo también intentaron ayudarla, pero ahora tenían que ser doblemente cuidadosos con los adultos del pueblo.

»En cuanto a Toothiana, se fue convenciendo de

que no encajaba en ningún sitio, ni entre las criaturas de la selva ni, por supuesto, entre los humanos del pueblo. Estaba sola. Cuando se sentía más triste que nunca, tomaba algún diente de leche de la caja tallada que siempre llevaba en la bolsa de su madre y que ahora pendía de su cuello, y lo sostenía hasta que le revelara sus recuerdos.

»A medida que transcurrían sus años de soledad, Toothiana observó que, al crecer, los niños del pueblo habían perdido gran parte de su inocencia, algunos incluso su bondad. Empezó a recoger sus dientes para devolverles más adelante la memoria de su infancia y para recordarles la bondad, igual que habían hecho sus padres con ella.

»Los niños, para evitar que sus padres lo descubrieran, no tardaron en ocultar sus dientes bajo la almohada para que Toothiana los encontrara. Y ella, contenta con esa especie de juego, empezó a dejar trocitos de tesoros que encontraba en la selva: una

manera. El Cazador Misterioso les había prometido riquezas que ni podían soñar cuando vendieran a Toothiana.

»Toothiana se lanzó alocadamente contra la jaula, como si fuera un águila acorralada. Pero no sirvió de nada. El Cazador y sus secuaces viajaron muy rápido durante la noche, adentrándose en la selva. Sabían que las criaturas salvajes intentarían ayudar a Toothiana, por lo que llevaban el arma que todo animal teme: el fuego.

»Habían amarrado antorchas en el tejado de la jaula de Toothiana. El Cazador Misterioso llevaba la más brillante. Los animales mantenían las distancias, pero no dejaban de seguir la espeluznante caravana y de vigilar a Toothiana, esperando cualquier ocasión para atacar.

»Tras días de viaje, llegaron al pie de la escarpada montaña donde Toothiana había nacido: el reino de Punjam Hy Loo. Los enormes elefantes que protegían la montaña estaban en pie y preparados, balanceándose hacia delante y hacia atrás sobre sus inmensas patas. Los amigos selváticos de Toothiana les habían avisado de que el Cazador Misterioso se dirigía hacia allí.

»El cazador no desafió a los elefantes. Ordenó a sus secuaces que se detuvieran y evitó cualquier movimiento hostil. En su lugar, alzó la antorcha llameante. "¡Traigo un tesoro para las Hermanas de Vuelo y el rey elefante volador que habitan en Punjam Hy Loo!", gritó hacia el cielo nocturno. El cielo estaba vacío: no había señales ni de las mujeres aladas que reinaban allí ni del elefante volador.

»El Cazador volvió a gritar: "Traigo a la hija mestiza de Haroom y Rashmi." Acto seguido, surgió un sonido sobrenatural como el susurro de los árboles al viento. Y, en efecto, el viento empezó a soplar desde lo alto de la montaña. Se hizo cada vez más fuerte y más furioso, con ráfagas que casi apagaron las antorchas.

»Toothiana supo instintivamente que las Hermanas de Vuelo habían enviado aquella ventisca y que no se fiaban del Cazador. También supo que era el momento de sacar la caja que sus padres le habían dejado.

»El viento seguía arreciando. El Cazador se puso cada vez más nervioso, al igual que sus secuaces. Empezaron a parlotear del modo más extraño, no con palabras sino con sonidos.

»Entonces, un coro de voces retumbó al unísono por encima del aullido del aire: "Cuéntanos, Cazador, ¿por qué enjaular a una niña? ¿Dónde están su padre y su madre? ¿Qué treta humana nos traes? ¿Qué buscas, tú que pareces humano pero no lo eres?"

»El Cazador se balanceó sobre sus talones, furioso, sin ocultar su odio. Alzó la antorcha muy alto y dio un paso adelante, enfrentándose al viento. Los elefantes alzaron las trompas pero retrocedieron un paso. El fuego era algo temible, incluso para aquellas poderosas criaturas.

»El Cazador se rio y, a continuación, se quitó la harapienta capa. No era humano en absoluto, sino un mono enorme. "¡Antaño fui un marajá humano", gritó, "y por vuestros actos, ahora soy el rey de los monos!" Entonces sus tropas también se quitaron los ropajes, revelando un pelotón de monos armados con arcos y flechas.

»El Rey Mono gritó por encima del rugido del viento: "¿Preguntáis por sus padres? ¡Muertos! ¡Por obra mía! ¿Y qué busco? ¡Venganza! ¡Contra todos los que me hicieron así!" Entonces lanzó la antorcha hacia la manada de elefantes y arrebató un arco y una flecha a uno de sus soldados. Lo tensó en un instante y apuntó directamente al corazón de Toothiana.

»Antes de que pudiera disparar la flecha, el viento triplicó su fuerza. Toothiana sabía lo que debía hacer.

Sostuvo la caja de rubí en la mano con firmeza. "Madre, padre, ayudadme", susurró con furia, cerrando con fuerza los ojos. Se los imaginó con nitidez, permitiéndose sentir el vínculo que les había unido tan profundamente, permitiéndose recordar todo lo que habían sacrificado por ella.

»De pronto, ya no estaba en la jaula. Ya no era una entidad única, sino varias versiones más pequeñas de sí misma.

»Con el arco preparado, el Rey Mono titubeó asombrado. *¿Cómo puede ser?* No podía recordar el poder del amor —a pesar de que el padre de esa niña fue quien más lo había amado—, y sus propios recuerdos se alimentaban solo de odio.

»Así que el mundo se volvió contra él de nuevo.

»Las Hermanas de Vuelo volaron en círculo sobre él. Su aleteo era el causante de aquel vendaval. Cada vez se hizo más caótico y fuerte, como un tornado. Los árboles perdían las hojas. El polvo se arremolinaba como una tormenta y la antorcha del Rey Mono se apagó.

»La única luz que había entonces era la de la Luna, y ninguna criatura de la selva teme esta luz guía. En un instante, los elefantes avanzaron pesadamente. Los animales que se mostraban amistosos con Toothiana atacaron. Las minitoothianas arremetieron contra el Rey Mono. El ejército de simios gritó y huyó.

»El rey intentaba atrapar a las toothianas, pero no lo lograba. Entonces todas las minitoothianas, que no eran mayores que un hada, se unieron en un solo ser. Toothiana estaba asombrada por su nuevo poder, pero no pensó mucho en ello. Con una mano, agarró al Rey Mono del cuello. Era como si poseyera la fuerza de una docena como ella.

Una minitoothiana

El Rey Mono gritó de miedo y dolor.

»Por un instante, Toothiana sintió que en su interior crecía la rabia. Le partiría el cuello y acabaría con él. Pero la cajita brilló en su mano y el recuerdo de sus padres hizo que se detuviera. No acabaría con la vida de ese hombre mono. Dejaría que la selva eligiera su destino.

»Y lo dejó marcharse.

»Él cayó al suelo. La niña alada no miró atrás al volar al encuentro de las Hermanas de Vuelo.

»Al alejarse, Toothiana y su familia oyeron a las criaturas de la selva hacer lo que mejor les parecía con el Rey Mono caído. Y sus gritos se oyeron hasta en la Luna.

El señor Qwerty cerró sus páginas. El cuento, tal y como estaba escrito, había terminado.

La historia de Toothiana inspiró en Katherine muchos sentimientos, pero el más extraño fue una punzada de envidia. Toothiana tenía el recuerdo de sus padres. Eso era lo que Katherine más deseaba en el mundo.

CAPÍTULO CATORCE

Luz Nocturna se Enfrenta a lo Desconocido

TRAS ESCUCHAR JUNTO a la ventana la historia de la Reina Toothiana, Luz Nocturna voló indiferente alrededor de las montañas que rodeaban el Lamadario Lunar. Estaba cada vez más preocupado. Hasta ese momento había observado los acontecimientos de su vida en términos sencillos. Para él, el mundo estaba dividido entre el bien y el mal. Katherine y los Guardianes eran buenos... absolutamente. Y Sombra era malo de cabo a rabo, sin una pizca de bondad en su interior. Y, sin embargo...

Luz Nocturna estaba confundido por lo que había visto en la Lágrima de Sueño de Katherine. Y en su sueño, la mano de Sombra era humana, como lo había sido desde que intentara convertir a Luz Nocturna en un Príncipe de las Tinieblas.

Pero había algo más.

En su sueño, Sombra sostenía en su mano humana el guardapelo con la imagen de su hija. Pero la imagen había cambiado y en su lugar estaba el rostro de Katherine. ¡Y entonces su cara empezó a cambiar! Se volvió diferente. Mayor. Un semblante adulto. Y más oscuro. Más parecido al de Sombra.

Luz Nocturna temía aquel sueño. Parecía real. Ningún Guardián había visto últimamente señales de Sombra, pero Luz Nocturna sí. Sombra moraba en los sueños de Katherine. ¿Qué significaba todo aquello?

¿Iba a hacerse mayor? ¿Se convertiría, como tantos adultos, en una triste sombra de cuando era una niña? ¿O había algún peligro aún mayor? ¿Sería conquistada de algún modo por Sombra? ¿Estaría su alma en peligro? Estas preguntas herían su corazón y su alma de un modo que no comprendía ni podía explicar con palabras, así que recurrió a su más viejo amigo.

Durante horas esperó a que la luna saliera, y cuando apareció, alzó la Lágrima de Sueño de Katherine. La luz de luna de su bastón empezó a relampaguear, y un rato después, el Hombre de la Luna contestó a su señal. Las luces de luna caían y parpadeaban mientras interpretaban la Lágrima de Sueño. Entonces Luz Nocturna, esperando ansiosamente, susurró con aquella voz sobrenatural que apenas usaba:

—¿Mi Katherine se volverá oscura o seguirá siendo fiel?

Permaneció inmóvil y tenso durante bastante tiempo, hasta que una luz de luna trajo la respuesta, una respuesta sencilla que era la verdad de todo.

Ten fe. Ten fe. Ten fe, decía.

Y, por primera vez en su eterna vida infantil, Luz Nocturna lloró. No sabía bien por qué lloraba. No podía describir el sentimiento que provocaba las lágrimas. No era alegría ni tristeza. No era bueno ni malo. Pero era algo igual de poderoso.

Algún día sabría qué era aquel primer paso misterioso más allá de la infancia. Caer en la cuenta de que se va a crecer es un sentimiento extraño, especialmente para alguien que llevaba siendo un niño tanto tiempo. Pero ya tenía la respuesta que necesitaba para enfrentarse a la incertidumbre.

Ten fe. Ten fe. Ten fe. Si lograba recordarlo, todo saldría bien. Y dejó de llorar. Se limpió las lágrimas de las mejillas y se las acercó al rostro, ya que no estaba acostumbrado a tener.

Cada lágrima brillaba y parecía cargar con el peso de su corazón inquieto. Dejó que se derramaran junto a la Lágrima de Sueño de Katherine.

Entonces tomó la punta de diamante de su bastón y lo puso en contacto con las lágrimas. Permaneció así hasta que se unieron al diamante. Ahora aquella punta que parecía una lanza no solo llevaba el miedo y la tristeza de su amiga, sino también los suyos.

La luz de luna que llevaba dentro se volvió rabiosamente brillante, ya que la tristeza y el miedo que se superan se convierten en poderosas armas.

En ese instante oyó a Katherine que lo llamaba, y supo que pasara lo que pasara, estaba preparado.

CAPÍTULO QUINCE

Planes, Proyectos y Plumas

NO RESULTA FÁCIL DORMIR cuando un pueblo entero, un ejército de abominables hombres de las nieves, una tropa de sabios hombres lunares de la antigüedad y todos tus amigos pasan por el dormitorio a desearte buenas noches. Tampoco resulta fácil dormir cuando una reina mitad pájaro, mitad humano con poderes mágicos va a venir de visita. Y es todavía más difícil si has urdido un plan secreto con tu mejor amigo para hacer lo único que te han dicho que NO DEBES HACER cuando llegue esa reina. Y así, Katherine permanecía sentada en su enorme cama de plumas, en su dormitorio especial del Lamadario

Lunar, tan despierta como lo habría estado cualquier niño de doce años.

Acababa de mirar debajo de la almohada por undécima vez para asegurarse de que el diente no hubiera rodado al suelo cuando Norte volvió a abrir la puerta del dormitorio lo justo para poder asomar la cabeza.

—¿Sigues despierta? —preguntó sorprendido.

Ombric y Bunny estaban pegados a él, tan apretados a la puerta que Katherine solo veía medio rostro de Ombric y una de las orejas de Bunny enredada a la barba del mago.

—Quizá si recitara la antigua fórmula de Atlántida que dice: «Duérmete niña, duerme dubi-dubi-da...» —propuso Ombric.

Bunny lo interrumpió:

—¡Contar! Eso servirá. Debería contar huevos de chocolate saltando contra las agujas del reloj desde un muro también de chocolate...

Entonces Norte lo cortó diciendo:

—¡Una canción! Deberíamos cantar una canción.

Entonces empezaron a hablar a la vez.

—¡Debería ser sobre huevos! Un huevo de chocolate soñoliento sería perfecto...

—¡No, no, no! Mejor una nana cosaca pasada de moda. «No me degüelles mientras duermo, madre querida...»

—¡Qué horror, Norte! No, debería cantar «Sueña, sueña, sueña con las olas del mar de chocolate...».

Y así siguieron hasta que Luz Nocturna bajó de las vigas y, con un giro firme pero cuidadoso, cerró la puerta.

Los tres Guardianes mascullaron al otro lado de la puerta durante uno o dos minutos hasta que pudieron oír a los lamas lunares proponiendo que el método secular de quedarse quieto y en silencio atraería seguramente el sueño. Y al fin se apaciguaron las cosas.

Luz Nocturna saltó junto al lecho de Katherine y se sentó con las piernas cruzadas al pie de la cama. A ella le parecía... distinto; ya no estaba tan triste o distante. Pero la alegre media sonrisa que solía tener había sido sustituida por una mirada que parecía... bueno, no sabía exactamente qué era, pero ya no parecía un niño pequeño.

Ya fuera por la propuesta de los lamas o como resultado de un día ajetreado, Katherine de pronto se sintió poseída por el sueño y preparada para cerrar los ojos. Pero se apoyó un minuto más sobre un codo, procurando no mover la almohada que cubría su diente. Quería repasar de nuevo el plan que había ingeniado antes con Luz Nocturna. Se le había ocurrido cuando los lamas lunares le contaron más detalles sobre las obras de la Reina Toothiana. La explicación había durado bastante tiempo, ya que los lamas eran propensos a dar respuestas ambiguas, pero Katherine descubrió que debía estar dormida para que Toothiana viniera a llevarse el diente. Y solo Toothiana podía liberar los innumerables recuerdos de un diente si lo sostenía con su magia. Una vez que los recuerdos se liberaran, Katherine quería recuperar su diente.

—¡Tienes que recuperarlo en cuanto haga el hechizo! —le recordó a Luz Nocturna.

Este asintió. Podía sentir lo importante que era para Katherine. *Quiere recordar a su madre y a su padre,* pensó Luz Nocturna. *Y si los recuerda, quizá se olvide de Sombra.*

Había puesto su fe en ello y lo deseaba de corazón. Nunca antes le había fallado a Katherine y no tenía intención de fallarle en ese momento.

CAPÍTULO DIECISÉIS

Donde Vemos el Secretísimo Proceso de la Recolección de un Diente

SIGLO TRAS SIGLO, la Reina Toothiana había volado majestuosamente durante sus rondas nocturnas con su media docena de miniproyecciones. Cada vez que un niño dejaba un diente bajo su almohada, una de sus proyecciones lo recogía cuidadosamente y pedía un deseo en silencio. Los niños siempre eran distintos, pero el deseo siempre era el mismo: que cuando el niño creciera, fuera amable y feliz. En todos los pueblos, las ciudades y las selvas de Asia, los niños sabían colocar los dientes caídos bajo la almohada. Después, en lugar del diente habría un pequeño tesoro. Y el diente se almacenaría en el palacio del elefante volador de Punjam Hy Loo hasta que volviera a ser necesario.

Antaño, a Toothiana le gustaba pasar tiempo junto a la cama de cada niño: les colocaba bien la manta que habían apartado sin querer o les susurraba mensajes de esperanza al oído mientras dormían. Le gustaba asomarse por la ventana cuando el niño se despertaba por la mañana. Sus gritos de alegría al buscar bajo la almohada y encontrar un regalo eran para ella un tesoro.

Aunque quería ayudar a todos los niños del mundo, no daba abasto. Desde que aprendió hace mucho que las joyas de cualquier tipo despertaban un interés equivocado entre los adultos, había empezado a usar monedas u otros tesoros menores como intercambio para los dientes. Pero ¡ay, las monedas! A los niños les encantaba recibirlas. No obstante, a medida que se formaban nuevos países y surgían nuevas divisas, cada niño requería una moneda de su reino. Su actividad se complicó. Aunque fueran seis, apenas había tiempo para hacerlo todo antes del amanecer.

A pesar del frenético ritmo de la Reina Toothiana, había algo en su presencia que calmaba a todos los niños que visitaba. Y aunque cualquier noche podía encontrarse con uno o dos malos sueños, la época terrible del Hombre de las Pesadillas parecía haber terminado. Los niños de su territorio, como los niños de todas partes, lo llamaban el Coco, y hacía meses que no veía ni rastro de él.

Aunque la Reina Toothiana no supiera tanto sobre los Guardianes como ellos sabían de ella, había observado al reluciente niño de luz que había combatido al Coco. Había visto lo valiente que había sido al salvar a la niña que escribía historias y dibujaba. Sentía cierto cariño por los dos. De un modo extraño, su entrega mutua le recordaba a la entrega de sus padres.

Por eso tenía tantas ganas de llegar a la última parada de aquella noche.

Por primera vez había recibido una llamada desde la cima más elevada del Himalaya: el Lamadario Lunar. Sabía que allí descubriría más cosas sobre la valiente niña que montaba un ganso gigante.

Mientras tanto, Luz Nocturna esperaba a la Reina Toothiana en lo alto de la torre del Lamadario con toda la paciencia que había logrado reunir. Recordó la primera vez que vio a la mujer-pájaro. Había estado persiguiendo luces de luna cuando pasó a tanta velocidad que la confundió con un colibrí enorme. Y de vez en cuando se veían el uno al otro. Ella nunca le había hablado, aunque siempre lo saludaba con la cabeza cuando sus rutas aéreas se cruzaban. Pero Luz Nocturna, con su aguda intuición, sentía que ella no se fiaba de la mayoría de la gente y que no quería que los demás Guardianes supieran de ella, así que había guardado en secreto que la conocía. Además, había algo en ella que lo intimidaba.

Pero Katherine le había pedido ayuda, así que fijó la vista en el cielo nocturno, buscando entre las estrellas brillantes cualquier señal de la tal Toothiana.

Luz Nocturna pronto distinguió un resplandor. Era un centelleo que parpadeaba, como chispas iridiscentes azules y verdes. A medida que se acercaba, Luz Nocturna distinguió una cabeza emplumada, unos ojos verdes brillantes y una sonrisa alegre. Intentó ocultarse, pero Toothiana y sus miniproyecciones lo vieron antes de que él pudiera esconderse en las sombras.

Toothiana supo inmediatamente que tramaba algo. Durante siglos, demasiados niños habían planeado despertarse en el momento de su llegada como para que ahora la pillaran desprevenida. Hizo un gesto severo con la cabeza y se llevó un dedo a los labios, advirtiéndole que no se entrometiera.

Luz Nocturna titubeó. Su lealtad más profunda era para Katherine, pero se dio cuenta enseguida de que debía confiar en aquel ser alado. Al menos de momento. Asintiendo de forma casi imperceptible, le hizo saber que haría lo que le pedía. Pero la siguió de cerca cuando ella y sus proyecciones entraron por la ventana hasta el lecho de Katherine.

Tres de sus miniproyecciones, del tamaño de gorriones, volaron en silencio hasta la almohada de Katherine, cada una portando una moneda de oro. Plegaron las alas y gatearon con cuidado y en silencio por debajo del cabezal. Otra aterrizó junto a la oreja de Katherine y tocó un minúsculo instrumento de plata al tiempo que entonaba una canción suave y arrulladora. Luz Nocturna estaba fascinado. *Cantan para que duerma más profundamente*, comprendió.

Otra miniproyección vigilaba junto a la almohada mientras la última revoloteaba por la habitación y parecía alerta. Toothiana, con una sonrisa expectante en el rostro, esperaba que sacaran a escondidas el diente de debajo de la almohada.

La almohada se arrugó aquí y se abombó allá, y luego, por fin, las tres pequeñas hadas emergieron con el diente de Katherine en las manos. Toothiana lo tomó con ternura. Con la otra mano extrajo de una bolsa que llevaba al cuello una hermosa caja hecha de rubí tallado y la sostuvo con fuerza.

Cerró los ojos como si estuviera sumida en sus pensamientos. Empezó a surgir un resplandor tanto del diente de Katherine como de la caja. El poder mágico de la Reina parecía estar funcionando.

Luz Nocturna ya había visto bastante. Por muy obstinada que pareciera la mujer voladora, haría lo que Katherine le había pedido. Se disponía a entrar y a arrebatarle el diente cuando un suspiro sordo y apenado de Toothiana lo desconcertó y se detuvo. La tristeza cubrió el hermoso rostro de la Reina, y entonces sus miniproyecciones suspiraron también, como si compartieran cada uno de sus sentimientos. Toothiana podía ver todos los recuerdos de Katherine.

Toothiana murmuró:

—Pobre niña. Eres como yo... Has perdido a tu madre y tu padre... pero ni siquiera has tenido oportunidad de conocerlos o recordarlos. —Inclinó la cabeza ligeramente, observó a Katherine dormir y susurró:— Tengo que darte el recuerdo que deseas.

Luz Nocturna se curvó hacia delante con nerviosismo mientras Toothiana bajaba la mano en la que sostenía el diente hasta la frente de Katherine.

Luz Nocturna supo que ya no necesitaba robar el diente. Katherine tendría aquel recuerdo. Estaba contento. Sentía un vínculo peculiar con esa ave real y no quería enfurecerla.

Pero, de pronto, un sonido de lo más furioso impidió que Toothiana concediera a Katherine su deseo.

CAPÍTULO DIECISIETE

Aunque el Mono no se Vista de Seda...

UNOS MONOS, DOCENAS DE MONOS, entraron saltando por las ventanas al interior del dormitorio de Katherine y ocuparon la estancia. Eran enormes, corpulentos y estaban provistos de dagas, lanzas y armas rudimentarias.

«¿Qué es este oscuro asunto?», se preguntó Toothiana sorprendida mientras un puñado de criaturas malignas, gritando ruidosamente, saltaban sobre ella con una agilidad antinatural. La Reina guardó la caja de rubí en su bolsa y se volvió, batiendo las alas, hacia aquellos demonios. Trató de escapar de sus garras, desenvainó su espada y golpeó. Pero los monos eran demasiado rápidos.

Katherine se despertó de un brinco e instintivamente agarró la daga de la mesilla de noche al tiempo que seis u ocho de sus atacantes la sujetaban de los brazos y las piernas. Un mono con un rostro que presentaba un grotesco parecido al de un humano le tapó la boca con la mano para que no gritara. Luz Nocturna acudió como un rayo, apartando a los animales con su bastón, pero por cada mono que golpeaba, siete ocupaban su lugar. La estancia estaba atestada de simios monstruosos, ruidosos y maníacos.

La Reina Toothiana sabía que debía proteger a la niña. Mientras Katherine trataba de liberarse, Toothiana se lanzó al ataque. En aquella maraña de rabos y manos con gruesas uñas, el diente de Katherine cayó al suelo. Tanto Toothiana como Katherine gritaron a la vez.

Katherine estaba decidida a no perder aquel diente. Empujó con los codos a un mono tras otro para acercarse, acercarse, acercarse al diente. Cada vez que

¡Toothiana ya está en posición defensiva!

sus dedos estaban a punto de alcanzarlo, una patada lo alejaba. Katherine avanzó por el suelo a gatas sin perder de vista el diente. Al final estuvo al alcance de su mano. Lo único que tenía que hacer era alargar la mano y... ¡listo!

Solo entonces, cuando el preciado diente estuvo a salvo en la palma de su mano, Katherine pensó en gritar y en pedir ayuda. Pero no pudo. De nuevo una mano le tapó la boca. Luego otra le agarró de la pierna. Otra, del brazo.

Katherine forcejeó contra sus captores, intentando liberarse mientras Toothiana y Luz Nocturna golpeaban a un mono tras otro. Las pequeñas versiones de Toothiana caían en picado y cargaban incansablemente contra los ojos de los primates. Estaban empezando a avanzar cuando una segunda oleada de simios atacó. Eran sencillamente demasiados.

El mono más grande, el que parecía el líder, arrancó la bolsa del cuello de Toothiana, la alzó sobre su cabeza y se la entregó a uno de sus secuaces, que saltó por la ventana a toda prisa con el botín, seguido por una oscura masa de agresivos esbirros.

Toothiana trató de seguirlos, agitando las alas contra los monos que había a su paso, pero después se detuvo en seco. El mono que le había arrebatado su valiosa caja... ¡lo conocía! *Esa vil criatura... Ese mono es el que...* La ira se apoderó de Toothiana y, con un movimiento ligero, lo atrapó.

La estancia se convirtió en un ciclón de monos. Daban patadas a las paredes y empezaron a huir por la ventana en oleadas. Parecían correr a través del cielo nocturno, como si se hiciera sólido bajo sus pies. Y luego, con un destello de oscuridad, los monos desaparecieron.

Todos menos uno.

Toothiana respiraba con fuerza y presionaba con su espada la garganta de su viejo enemigo.

La puerta se abrió de par en par. Norte entró a toda prisa con Ombric, Bunny, Yaloo y sus lugartenientes yetis; incluso varios lamas con aspecto soñoliento venían detrás.

—¡Villanos, explicaos! —exigió Norte con el alfanje preparado.

Toothiana no contestó. Tampoco apartó su filo del cuello del mono.

Norte avanzó un paso y Toothiana ladeó la cabeza como un pájaro de derecha a izquierda. Cuando Norte dio otro paso, sus plumas se encendieron como para advertirle que no se acercara más. Una de sus alas colgaba inmóvil.

El mono cautivo, con la mirada agitada, gimoteó algo que sonaba casi como «¡Socorro!».

Todo el mundo estaba helado, sorprendido ante la visión de la mujer voladora de la que tanto habían oído hablar. Se esperaban un ser sereno, pero ahí estaba, en posición de combate, apresando a un simio de aspecto decididamente maligno. Ombric estaba repasando de forma compulsiva varios dialectos de lenguas primitivas para interrogar del mejor modo al mono cautivo. *Es curioso lo mucho que se parece a un humano*, pensó. *Realmente curioso.*

En medio de la confusión, Luz Nocturna fue el primero en darse cuenta de que Katherine no estaba en su cama.

Antes de que pudiera alertar a los demás, todos sintieron el aumento de su agitada preocupación.

Norte balanceó la cabeza hacia delante y hacia atrás mientras examinaba la habitación.

—¿Katherine? —exclamó—. ¡KATHERINE!

El miedo asedió a los Guardianes al no recibir respuesta.

Ombric y Bunny intentaron alcanzarla con la mente, pero lo único que hallaron fue una oscuridad confusa.

Norte dirigió su atención hacia Toothiana y la extraña criatura que tenía por prisionero. Les lanzó una mirada amenazadora y alzó la espada.

—Decidme qué habéis hecho con Katherine —exigió— o no volveréis a respirar.

CAPÍTULO DIECIOCHO

Un Viaje de lo Más Confuso, con Monos Alados de lo Más Apestosos

KATHERINE SE AFERRABA A SU DIENTE mientras trataba de apartar la capa pútrida que uno de los monos le había puesto sobre la cabeza. Lo último que había visto había sido un mono con el rostro casi humano arrebatándole la bolsa a Toothiana. Entonces lo comprendió. *¡Ese debe de ser el Rey Mono de la historia de Toothiana!*

El aire se enfrió, así que Katherine supo que la habían llevado fuera. Su mente se hacía preguntas a toda velocidad, por lo que apenas tuvo tiempo de asustarse. *¿El Rey Mono ha venido para vengarse o para llevarme con él?*, se preguntaba. Sintió que le daban pinchazos y empujones e incluso la lanzaban de unas fuertes manos a otras, corriendo a una velocidad imposible. Los monos parecían avanzar sobre tierra firme, pero algunas veces sentía más bien que... ¿qué? ¿Estaría volando? Tiró de la capa hasta que la perforó. Nubes. Estrellas. El cielo. ¡Estaban volando! Y extremadamente alto.

En ese instante, la capa resbaló a un lado y Katherine distinguió una superficie sólida por debajo: un camino hecho de sombras. Lanzó un grito ahogado. Era como los caminos luminosos de Luz Nocturna, pero entintado y temible. *Solo hay un ser que puede hacer un camino de sombras en el cielo,* comprendió espantada.

Entonces recordó su sueño, aquel horrible sueño.

Los monos avanzaban entre gritos incesantes. Katherine intentó alcanzar a sus amigos con la mente, pero había algo en aquella autopista oscura que bloqueaba sus pensamientos.

Su aliento mezclado con el viento helador le formaban unos carámbanos minúsculos alrededor del rostro y la nariz. Rasgó aún más el agujero y por fin logró respirar sin trabas, pero el aire estaba demasiado frío, así que cerró la capa y volvió a la sensación de asfixia.

Los simios apestaban de un modo que la niña no habría imaginado. Resultaban mucho más agradables en los antiguos libros de Ombric. En su mente apareció el deseo furtivo de haber dedicado tiempo a aprender la lengua de los monos. Ombric sabía hablarla, sin duda, pero como no había monos en Santoff Claussen, Katherine había considerado mucho más importante aprender idiomas que sí podía usar, como el de las ardillas o el de las mariposas lunares. Probablemente podría aprenderlo rápidamente. ¿O acaso no había aprendido la lengua de los gansos blancos gigantes?

¡Oh, Kailash!, pensó Katherine con un gemido.

Estará tan preocupada. Y Luz Nocturna. Entonces se angustió: ¿y si hubiera resultado herido? Una ola de miedo por sus amigos la recorrió, obligándola a centrar su atención en el dilema que tenía entre manos. Lanzó patadas y empujones contra la capa, pero fue inútil. Los monos se limitaron a apretar con más fuerza a su alrededor hasta que le fue casi imposible mover los brazos.

La temperatura estaba cambiando de nuevo, poco a poco al principio, más rápido después. El aire gélido se estaba calentando. La capa resultaba asfixiante. El estómago de Katherine se revolvió cuando los monos dieron un salto gigante y brincaron de arriba abajo en lo que parecían ramas de árboles.

La capa resbaló de su cabeza. Esta vez los monos no hicieron esfuerzo alguno en cubrir su rostro mientras se lanzaban de un árbol a otro, arrastrando a Katherine. Algunas veces parecía que las ramas no podrían soportar su peso, y entonces se desplomaban hacia abajo, abajo, abajo, a toda velocidad, y las hojas golpeaban el rostro y el cuello a Katherine. Pudo observar cómo los monos le lanzaban de unas manos a otras, hasta que alguno de ellos lograba colgarse de una rama fuerte y el ascenso volvía a empezar.

Aparte de los monos chillones —¿es que no se iban a callar nunca?—, Katherine no vio más criaturas de la selva, ni siquiera aves. Era como si los monos fueran los únicos seres de aquella tierra. *¿Dónde están los demás animales?*, se preguntó. *¿Dónde están los elefantes y los tigres? ¿Y las serpientes y los lagartos?*

Y entonces, sin aviso previo, los monos soltaron a Katherine y la dejaron caer. No fue una gran caída. Menos de un metro. Cuando comprendió que no estaba herida, empezó a mirar cautelosamente a su alrededor. No podía ver demasiado a través del follaje de la selva, pero logró distinguir lo que antaño debió de haber sido una ciudad magnífica. La selva había hecho lo posible por conquistarla, pero Katherine descubrió pruebas de la antigua gloria de la ciudad en los enseres dorados y plateados de los derruidos muros.

¿En qué parte del mundo estoy? Miró en todas direcciones y no vio un alma, solo un ejército de monos. Pero ahora mantenían las distancias. Reinaba un silencio siniestro. Katherine decidió que lo único que podía hacer era investigar.

Se dirigió a los edificios más cercanos y se detuvo en el primero para observar un mosaico cubierto de tierra. El diseño, a pesar de estar medio enterrado bajo una capa de barro y moho, parecía bellísimo, así que, con el canto de la mano, limpió el barro hasta que pudo ver el perfil de un elefante... un elefante con alas.

—¡El elefante volador! —dijo jadeando.

¡Estoy en Punjam Hy Loo!

Casi parecía un sueño. ¡El señor Qwerty les había contado todo sobre aquella ciudad y las Hermanas de Vuelo!

Miró en todas direcciones. *¿Estarán todavía las hermanas en alguna parte? ¿Qué ha producido la caída de esta ciudad? ¿Habrá todavía elefantes protegiendo la montaña?*

Buscó más pistas sin darse cuenta de que las sombras a su alrededor estaban haciéndose mayores. Más oscuras. No vio que cientos de monos estaban encaramándose en silencio a los abandonados muros que la rodeaban.

En cuanto una inmensa sombra se aproximó a ella, Katherine no alzó la vista y tragó saliva. Fue justo lo que se temía.

—Sombra —dijo, intentando parecer tranquila.

El Rey de las Pesadillas la saludó con una sonrisa macabra.

—Bienvenida, querida Hija de las Tinieblas —susurró con una voz de todo menos acogedora.

CAPÍTULO DIECINUEVE

Pánico en el Himalaya

—¿Dónde está Katherine? —rugió Norte de nuevo a la mujer alada que tenía delante.

Estaba seguro de que tenía algo que ver con la desaparición de Katherine, pero su espada trataba de apartarse de aquel extraño ser... Casi había olvidado que la espada, la primera reliquia del Hombre de la Luna, podía distinguir si se enfrentaba a un amigo o un enemigo. La espada sabía que Toothiana no quería hacer daño a ningún Guardián. Pero Norte se resistía. La mujer sabía algo y debía decírselo.

Luz Nocturna se sentó en la cama de Katherine. La almohada había caído al suelo, pero las tres monedas seguían en el lugar donde las habían dejado.

Toothiana miraba a Norte y los otros sin dejar de presionar el cuello del revoltoso mono con una mano y de sostener la espada con la otra, preparada para acabar con la vida de aquel ser. Con una mirada rápida, avisó a sus miniproyecciones de que no intervinieran. Sus plumas se erizaban y agitaban. *¿De rabia?*, se preguntaba Norte. *¿O de pánico?*

Había visto esa mirada anteriormente. La conocía bien de su infancia salvaje. Era la mirada de un animal atrapado, sin nada que perder, que moriría luchando. Norte sabía cómo enfrentarse a aquello: con calma y con cuidado.

Entonces Norte comprendió lo que ella pensaba de él y los demás: esa Reina tenía todo el derecho a desconfiar de los adultos. Se enfrentaba a un guerrero que sostenía una espada, un conejo de dos metros, un mago anciano y abominables hombres de las nieves equipados con toda clase de armas. El gesto de su mandíbula era feroz, pero sus ojos, almendrados y verdes, la delataban. *Debe de sentirse igual que un gorrión enjaulado*, pensó.

Así que Norte alzó una mano y envainó su espada. Se acercó lentamente a la Reina. Incluso el mono dejó de retorcerse cuando Norte empezó a dar pasos cuidadosos, sin parpadear, sin quitar los ojos de ella.

—No queremos hacerte daño —dijo Norte con una voz de lo más relajante—. Pero estamos preocupados por encontrar a nuestra amiga... la niña a la que has venido a ver esta noche. ¿Sabes qué le ha ocurrido?

Toothiana negó con la cabeza, miró a Norte a los ojos un buen rato y después pareció tomar una decisión: confiaría en aquel hombre corpulento.

—Se la han llevado —contestó.

−¿A dónde? ¿Quién? −insistió Norte, forzándose a mantener una voz tranquila.

−Esta criatura lo sabe −dijo señalando al mono con un gesto.

Ombric avanzó con paso cauteloso.

−¿Esta criatura es el Rey de los Monos? −preguntó, recordando la historia de Toothiana.

Ella asintió y después sacudió a la criatura con fuerza.

−¡Diles lo que sabes!

El mono le escupió.

−¡Nunca! −gritó.

Norte apenas podía contenerse.

—¡Dínoslo! —rugió—. ¡O morirás!

El mono se limitó a chascar los dientes y sonreír.

Toothiana agarró al simio por los pies, lo puso del revés y empezó a menearlo mientras decía:

—¿Dónde... está... la... niña? ¿Dónde... está... mi... caja?

—Se las han llevado —contestó el Rey Mono gesticulando.

Norte desenvainó la espada y dirigió la punta a la barbilla del primate.

El Rey Mono sencillamente siguió chascando los dientes, como si estar colgado boca abajo y con una espada en la barbilla fuera un acontecimiento de lo más normal.

Los bigotes de Bunny se movieron. Él también conocía los hábitos de los animales, incluso mejor que Norte. Y Norte, al igual que todos los pobres humanos, estaba perdiendo lo mejor de sí mismo por culpa de las emociones. Era el momento de que actuara una mente más fría. Era el momento de que el pooka se hiciera cargo de la situación.

Apretó con la pata el brazo de Norte para indicarle que bajara la espada. Después examinó al mono.

—Eres muy listo —le dijo el pooka—. Lo bastante listo para engañarnos a todos. Para entrar en el Lamadario. Para dirigir tus tropas y capturar a nuestra amiga. Y para robar el preciado tesoro de esta dama.

Mientras hablaba, sacó un huevo de chocolate de su bolsillo y empezó a desenvolverlo lentamente, como quien pela una pieza de fruta. El aroma de plátano en su punto de madurez, mezclado con el perfume del chocolate con leche, inundó la sala.

Con un gesto, Bunny pidió a Toothiana que colocara al mono derecho. Entonces, los ojos del simio empezaron a resplandecer. Intentó agarrar el chocolate y Bunny se lo puso en la mano. El Rey de los Monos se metió el dulce en la boca y cerró los ojos.

—Ñam… ñam… —dijo felizmente.

Luz Nocturna lo miraba de cerca. Nunca antes había querido hacer daño a una criatura de carne y hueso. Sombra era oscuridad, un fantasma, pero el hombre mono vivía… era un ser vivo. Luz Nocturna vio en la mirada de Toothiana el odio por esa criatura. Y en la de Norte. Incluso en la de Ombric. Ahora él también lo sentía. Y no le gustaba.

El Rey Mono gesticuló pidiendo otra chocolatina mientras Luz Nocturna luchaba contra el deseo de atravesarlo con su bastón.

—Qué Rey Mono tan sabio. Quieres más. Y lo tendrás —dijo Bunny, dando palmaditas a su bolsillo y alejándose—. Pero antes tienes que contestar a nuestras preguntas.

El Rey Mono subió y bajó repentinamente la cabeza y contestó en la lengua de los monos.

Ombric tradujo:

—El Rey de los Monos afirma que es demasiado inteligente para caer en nuestras artimañas.

Los ojos del mono se abrieron mucho. Nunca antes había conocido a un humano que supiera su idioma.

—Eres muy listo, marajá —dijo Ombric—, pero quizá no tanto como crees. ¿Quién te ha enviado a secuestrar a nuestra amiga?

—Nadie me envía —repuso el mono en la lengua de los hombres. Alzó la cabeza con arrogancia—. Soy un rey. Dirijo a mis ejércitos donde quiero. No he sido «enviado». Y ahora exijo que me alimentes.

—Menudo ejército —se mofó Norte—. Te han dejado atrás.

—¡No lo han hecho! —aulló.

—Entonces, ¿a dónde han ido? —preguntó Bunny.

El Rey Mono se relajó.

—Volverán.

El Rey Mono, antes marajá, ahora majareta

Bunny sacó otro huevo de chocolate con un gesto ostentoso y lo acercó a la nariz del Rey Mono.

—No te daré más respuestas, Hombre Conejo —espetó el Rey Mono.

—Entonces se acabó el ñam ñam —dijo Bunny. Le ofreció el dulce a Ombric, que lo peló tentadoramente y mordió la mitad. El perfume a plátano llenó la estancia.

El mono miró la otra mitad de chocolate y gimoteó:

—Más ñam ñam.

Bunny negó con la cabeza.

—No puedo decíroslo —gimoteó el mono—. Me matarán hasta la muerte.

—¿Quién haría tal cosa a un Rey Mono tan listo? —preguntó Ombric, buscando igualar el tono, aunque las sirenas de alarma estaban retumbando en su cabeza.

El Rey Mono vio una oportunidad para negociar. Se volvió a enderezar.

—Alguien que puede volver a convertirme en humano... hacerme mucho, mucho más marajá. ¿Podrías tú hacer eso?

Norte se estaba cansando de todas estas idas y venidas. Cuanto más esperaban, más lejos podrían estar llevándose a Katherine. Avanzó de un salto y aplastó al mono contra el suelo.

—¡Contesta a nuestras preguntas! —exigió.

El mono se rio y señaló a Toothiana.

—Están en su hogar. Esperan en Punjam Hy Loo.

Toothiana se estremeció de rabia.

—¡Mientes!

—No, no, no —se rio el Mono—. ¡Todo es parte del plan!

—¡Cobarde! —espetó Norte caminando frente a él—. Para ser rey, eres patético.

—Y siempre lo has sido —añadió Toothiana.

El Rey Mono frunció el ceño de forma sombría. Su rabia iba en aumento.

—Esperad a que el Rey de las Pesadillas vuelva a hacerme el Rey de los Hombres. ¡Os mataré más muertos que a tu padre!

Toothiana le puso la espada en la cabeza. ¡Cómo se atrevía a jactarse de tales cosas en su presencia!

Pero Norte y los demás Guardianes apenas se dieron cuenta. Las palabras *Rey de las Pesadillas* los habían dejado helados. Norte dejó de caminar; Luz Nocturna brillaba con fuerza. Los bigotes de Bunny se menearon y la barba de Ombric empezó a rizarse de preocupación. Solo había un pensamiento en su mente.

¡Sombra había vuelto!

—¿Por qué el Rey de las Pesadillas quiere mi caja de rubí? —preguntó entonces Toothiana.

—¿Y por qué se ha llevado a Katherine y ha dejado al resto? —interrogó Norte.

Los ojos del Rey Mono centellearon triunfales.

—Pretende formar un ejército. Y convertir a la niña en su Princesa de las Tinieblas.

CAPÍTULO VEINTE

Donde Toothiana se Da Cuenta de Algo Terrible

AL INSTANTE, LOS GUARDIANES empezaron a hablar en voz baja y tensa. La Reina Toothiana, sin embargo, seguía con la vista puesta en el Rey Mono.

El primate le devolvió la mirada con un alarde de prepotencia.

Los ojos de Toothiana se estrecharon. Su rabia resultaba venenosa. Pensó en todos los años que había estado huyendo y en la muerte de sus padres. Todas las desgracias de su vida las había causado aquel mono patético.

El simio intentó evitar su mirada, pero Toothiana lo volvió a agarrar del cuello y le obligó a mirarla.

—¿Cómo? —preguntó—. ¿Cómo conseguiste que la ley de la selva te perdonara?

El Rey Mono la miró y en sus ojos había la misma furia que en los de ella.

—Los tigres me arañaron. Las serpientes me mordieron. Todas las criaturas me hirieron, pero no morí, porque debía acabar… ¡CONTIGO!

—Mi padre te salvó —dijo Toothiana.

El Rey Mono apartó la vista, inspirando de forma entrecortada.

Toothiana se preguntó si habría algo en aquel mono que mereciera su perdón. Su padre lo había salvado en una ocasión, y él le había compensado con una muchedumbre iracunda y una muerte prematura. ¿Acaso le quedaba a ese marajá simiesco algún jirón de su bondad infantil? Solo había un modo de saberlo. Con un grito furioso, Toothiana le abrió la boca al Rey Mono para fisgonear.

—No tienes dientes de leche —gritó—. Vas a morir.

El mono aulló mientras apartaba la mandíbula de las manos de la Reina.

Toothiana alzó la espada para asestar un golpe mortal cuando Norte brincó por la habitación y le agarró de la muñeca.

—¡No! —gritó—. Necesitamos a la criatura. Puede ayudarnos a salvar a nuestra amiga.

Ella se burló de él. Aquel mono no ayudaría a nadie excepto a sí mismo. Bajó el arma.

—Partiré —dijo— hacia Punjam Hy Loo. Recuperaré la caja de rubí y a vuestra niña.

—Sombra... es más cruel y retorcido de lo que puedas imaginar —advirtió Norte—. No puedes ir sola.

—Iremos contigo —imploró Ombric—. Juntos nuestro poder es más potente.

Toothiana se volvió a mofar de ellos.

—Ese tal Sombra no me asusta en absoluto.

Dicho esto, saltó al alféizar y se dispuso a salir volando. Pero al preparar sus alas, se torció hacia la izquierda. Su ala derecha, su preciosa ala iridiscente, colgaba inmóvil.

CAPÍTULO VEINTIUNO

Luz Nocturna Ve a una Mujer Misteriosa

QUE KATHERINE ESTUVIERA ATRAPADA y sola con el Rey de las Pesadillas era lo peor que Luz Nocturna podía imaginar.

Porque un nuevo miedo se apoderó de él, uno que ni siquiera podía describirse a sí mismo: era un sentimiento que iba más allá de su propia comprensión. Pero sabía que Katherine ansiaba un amor paterno y que Sombra había perdido a su hija. ¿Sería todo aquello algo peligroso para su amiga? Pensó en lo que había visto en la Lágrima de Sueño y meneó la cabeza.

Mientras permanecía sentado en lo alto de la torre, miró hacia la Luna en busca de consuelo, pero estaba oculta tras rápidas y densas nubes. Soplaba un extraño viento y Luz Nocturna no podía librarse de la sensación de ser observado, incluso de que, de algún modo, alguien oía sus pensamientos. Había tenido esa sensación anteriormente. Solo ocurría cuando estaba solo y no le parecía que supusiera riesgo alguno... pero resultaba extraño. Algunas veces creía ver una cara —una cara femenina, por un instante— en las formas de las nubes, o en los remolinos de las hojas que volaban a su lado, o incluso al caer copos de nieve. Nunca la había visto con claridad, y se preguntaba si su hábito de soñar despierto era lo que le hacía imaginar que veía a aquella mujer, pero esta vez miró a su alrededor para intentar ver si estaba allí. Sabía que sentía algo. Sabía que estaba relacionado de algún modo con Katherine y Sombra. Dejó que sus pensamientos buscaran en lo posible a Katherine, pero no hubo respuesta. Solo la sensación de que alguien no hostil estaba observando y esperando.

Luz Nocturna caminó nerviosamente. Necesitaba tranquilizarse, necesitaba un rato de paz, ya que su mente no estaba preparada para todos esos sentimientos extraños y esos pensamientos de adulto. No sabía qué hacer. ¿Cómo podría ayudar a Katherine? ¿Debería volar sin rumbo y adentrarse en lo desconocido para intentar salvarla por su cuenta? Era lo bastante valiente e inteligente, pero esta vez intuía que sería más de lo que podía afrontar. Pensó en la Dama Pájaro, Toothiana, en esa reina con corazón de madre y artes de guerrero… Quizá ella supiera cómo salvar a Katherine. Pero tenía el ala herida y no podía volar.

Entonces pensó en Kailash. El ganso blanco no solía dormir sin Katherine a su lado, pero esa noche se había quedado en su viejo nido, entre los gansos blancos a los que no había visto desde hacía tiempo. Kailash quería a Katherine tanto como la niña la quería a ella. ¡Kailash! De pronto, Luz Nocturna tuvo una idea que era al mismo tiempo infantil y sabia.

Los niños de Santoff Claussen estaban apiñados con Kailash en la cueva-nido. Las horribles noticias del secuestro de Katherine habían llegado a todos los rincones del Lamadario.

Cuando Luz Nocturna llegó a la cueva, se encontró a William el Alto haciendo todo lo posible por aparentar valor y fuerza, mientras que Sascha y Petter preparaban una montura. Los niños habían decidido intentar salvar a Katherine por su cuenta a lomos de Kailash. Luz Nocturna sabía que no debía reírse ni burlarse de ellos por intentar aquella misión imposible.

Fue junto a Kailash y acarició suavemente sus plumas. El ganso graznó con suavidad y tristeza, y después apoyó la cabeza en el delgado hombro de Luz Nocturna.

Sabía que su idea funcionaría. Juntó a los gansos y los niños.

Y así comenzó un extraño desfile: Luz Nocturna a la cabeza, una docena o más de niños y una bandada de gansos blancos gigantes se abrieron paso por el Lamadario, pasando junto a yetis que se preparaban para una gran batalla y afilaban sus armas, a lamas lunares que ojeaban sus antiguos libros en busca de pistas que pudieran ayudar a Katherine y a los preocupados aldeanos de Santoff Claussen que, en pequeños grupos, compartían ideas y consuelo. No se detuvieron, ni siquiera respondieron a las preguntas de William el Viejo sobre su destino, hasta que llegaron a la estancia de Katherine.

Allí encontraron a la Reina Toothiana. Les daba la espalda. Una de sus iridiscentes alas colgaba inmóvil.

Norte estaba preguntándole con voz suave pero apresurada:

–¿Y por qué iba a ir Sombra detrás de ti?

Toothiana contestó. Su voz tenía una cualidad ligeramente refrescante.

–Cuando dejé al Rey Mono, volé a Punjam Hy Loo. Encontré a las hermanas de mi madre, las Hermanas de Vuelo. ¡Habían estado esperándome! Pero cuando me saludaron, parecieron entristecerse. Me preguntaron por mi madre. Cuando les conté que había muerto, su líder suspiró. «Lo presentimos, lo pensamos, pero ahora sabemos que es cierto», me dijo. –Los ojos de Toothiana se llenaron de lágrimas, pero prosiguió:– Las hermanas formaron un círculo en torno al elefante volador y una por una, frente a mí, se convirtieron en madera, como estatuas esculpidas. Les empezaron a salir ramas, que se entretejían como una cesta gigante. Y cuando la última hermana empezó a ponerse rígida y a cambiar, me dijo: «Si una de nosotras muere, morimos todas. Ahora tú eres la reina de este lugar. Tendrás que ocuparte del elefante. Protegerá los recuerdos de nosotras, los recuerdos de todo.» —El ala sana de Toothiana aleteó más rápido que nunca.— Un elefante nunca olvida —insistió Toothiana—. Él fue quien tocó el fabuloso diente mágico que me legaron mis padres. Él fue quien vio los recuerdos que lo habitaban.

—Pero ¿de quién es el diente? —preguntó Ombric en voz muy baja.

—Del que vive en la Luna —respondió ella.

Los lamas lunares se pusieron a murmurar inmediatamente, alterados.

—¡El diente del Hombre de la Luna!

—¡Asombroso! —dijo Ombric—. Toothiana tiene una de las cinco reliquias.

Norte necesitaba saber más.

—Pero ¿qué poder encierra, Alteza?

—Con él puedo ver los recuerdos que hay en los dientes. Y, en una ocasión, tras ser enjaulada por este primate real —dijo apuntando con la espada hacia el Rey Mono, que estaba atado con pesados grilletes y cadenas—, le pedí que me ayudara. Y así me volví más de lo que soy. Entonces fue cuando hubo más de mí.

Y, para explicarse mejor, las seis minúsculas versiones de Toothiana descendieron de su percha en el candelabro que colgaba del techo. Aterrizaron sobre los hombros de Toothiana, tres a cada lado, e hicieron una reverencia.

Una minitoothiana en reposo

Ombric se tiró de la barba mientras pensaba. Nunca antes había visto algo semejante.

—Sombra podría hacer mucho daño si logra usar esa reliquia... quizá incluso emplearía el poder del elefante volador —les dijo preocupado.

Luz Nocturna sintió un escalofrío. Sascha, a su lado en la entrada, no pudo evitarlo. Suspiró, y Toothiana y los demás se volvieron de un brinco. La Reina era aún más hermosa de lo que los niños habían imaginado. Sus alas —eran magníficas— tenían los tonos más bonitos de azul y verde. Sus ojos brillaban tanto como los de un ave y su tocado era tan glorioso como el de cualquier pavo real. Y estaba cubierta de una capa de pequeñas plumas verdes y azules que reflejaban la luz como prismas y llenaban la sala con pequeños destellos arco iris.

Mientras los niños permanecían asombrados mirándola, Kailash y uno de los otros gansos blancos avanzaron graznando. Kailash prosiguió durante un buen rato. La expresión de Toothiana se encendió cuando comprendió que podían arreglarle el ala, puesto que hablaba con fluidez todas las lenguas de las aves, y la de los gansos blancos era su preferida.

Ombric apoyó la mano en el brazo de Norte.

—Ven, es hora de dejar a la Reina con sus ayudantes —le dijo—. Tiene una lesión grave y necesita tiempo para restablecerse.

—¡Tenemos que salvar a Katherine ahora! —protestó Norte—. Cada segundo cuenta.

Bunny negó con la cabeza. Él también estaba casi desesperado de preocupación por Katherine, pero no dejaría que sus emociones lo gobernaran. Eso le convertiría prácticamente en un *humano*.

—Excavaré un túnel hasta donde tengamos que ir, pero antes sería muy ventajoso saber lo que nos espera al llegar y si necesitaremos huevos de chocolate.

Norte había estado en demasiadas batallas durante su juventud como para ignorar la sensatez de las palabras de Bunny. Asintió de mala gana, pero eso no significaba que dejaría de interrogar al mono. Lo agarró del brazo y lo arrastró hasta la puerta, seguido de Ombric y Bunny.

—Volveremos —le dijo a Toothiana.

Los gansos blancos, que estaban arrullando, empezaron a reparar el ala dañada de la Reina. Luz Nocturna y los niños se apartaron un poco y observaron el trabajo milagroso de los gansos. Con una delicadeza inimaginable, entrelazaron y alisaron, capa a capa, cada hebra de plumas arrugadas de Toothiana. Y, poco a poco, el ala volvió a estar como nueva.

La Reina Toothiana hizo aletear ligeramente el ala herida.

—Todavía me duele —dijo—, pero ya está mucho mejor. —Movió la cabeza de derecha a izquierda sin dejar de mirar a los niños.– Vosotros deberíais estar durmiendo.

William el Menor negó con la cabeza.

–Estamos preocupados por nuestra amiga –dijo.

Toothiana asintió y volvió a agitar con cuidado el ala. Se posó en el extremo de la cama de Katherine, dirigiendo toda su atención a los niños. Su mera presencia los tranquilizaba, al igual que a los niños que dormían y recibían su visita cada noche.

El menor de los Williams se atrevió a sonreír.

–Vivimos en Santoff Claussen –le dijo.

–Es el mejor pueblo de todo el mundo –añadió Sascha. Después se estremeció–. Excepto cuando viene de visita el Rey de las Pesadillas.

Los niños empezaron a contar a Toothiana todo sobre su pueblo mágico y la primera vez que los temores de Sombra los atacaron en el bosque.

–Katherine fue la más valiente y nos salvó a todos –explicó William el Alto.

—Fue entonces cuando vimos a Luz Nocturna por primera vez —añadió su hermano menor.

Petter, Niebla y los otros representaron las distintas batallas que habían presenciado.

Toothiana parecía bastante impresionada por sus relatos épicos, así que el menor de los Williams se atrevió a pedirle un favor:

—¿Puedes... podrías... concederme un deseo con el próximo diente que se me caiga? Ahora no se me mueve ninguno, pero, si quieres, tira de alguno.

Abrió la boca de par en par para que ella pudiera elegir la mejor pieza.

—No hace falta que te quite un diente, pero... —dijo Toothiana conteniendo la risa— dime tu deseo.

—Deseo que Katherine vuelva con nosotros sana y salva —afirmó William el Menor.

—¡Yo también deseo lo mismo! —exclamo Sascha.

—Y yo —dijo Petter.

Y uno tras otro, los niños pidieron el mismo deseo: que Katherine volviera a salvo.

Toothiana les escuchó con atención y luego les dijo:

—Lo intentaré.

Al final, William el Menor —que podría haberse llamado William el Más Sabio— propuso que recitaran la primera lección de Ombric.

Y así, con Toothiana ocupando el puesto de Katherine en su círculo, los niños se dieron la mano y recitaron:

—Tengo fe. Tengo fe. Tengo fe.

Pero Luz Nocturna no se unió a ellos. Estaba solo. Su rostro estaba en blanco, sin expresión. Después, lleno de miedo.

Norte entró repentinamente, cruzando a toda prisa la puerta seguido por Ombric y Bunny.

—El mono por fin ha hablado —dijo.

—¡Ya conocemos su plan! —afirmó Ombric.

—¿Vamos a Punjam Hy Loo? —preguntó Toothiana.

—Y a toda prisa —repuso Bunny.

Toothiana se levantó de un salto, aleteó y blandió su espada.

—Vayamos volando.

CAPÍTULO VEINTIDÓS

Ser Valiente...

UN VIENTO ESPANTOSO EMPEZÓ a soplar en Punjam Hy Loo. Sombra miró desde arriba a Katherine. Ella estaba decidida a no parecer sorprendida de verle.

—Pensabas que estaba acabado, ¿verdad? —preguntó con una voz helada por el desdén—. No, querida. Son los llamados Guardianes quienes serán destruidos.

Katherine sabía que el Rey de las Pesadillas se alimentaba del miedo —especialmente del de los niños—, así que se calmó a sí misma para poder mirar aquellos fríos y oscuros ojos con los suyos. Se acordó de la última vez que se habían visto, cuando había alzado el antiguo guardapelo con la imagen de la hija perdida de Sombra. Solo verlo hizo que Sombra gritara de dolor. Gracias a eso lo habían derrotado. Había hecho que desapareciera con su ejército de temores. Y desde entonces su grito atormentaba a Katherine. Incluso sentía una especie de pena indefinible por él. Aquella pena le daba valor. Y estaba segura de que Luz Nocturna, Norte y los otros no tardarían en acudir al rescate.

—Los Guardianes luchamos contra ti en el Himalaya y en el centro de la Tierra —le dijo sin alterar la voz—. Y cada vez salimos victoriosos.

La expresión de Sombra transmitía muy poco. Se deslizó junto a ella. Su oscura capa era tan larga que resultaba imposible distinguir si caminaba o flotaba. Había una cosa clara: su mano derecha, la que se había convertido en carne, la llevaba oculta bajo la capa, y todo su lado derecho parecía inerte, como si debajo de la capa escondiera una herida terrible.

Se quedó completamente inmóvil. Katherine miró el lugar donde la mano se ocultaba y se preguntó por el guardapelo. ¿Aún lo tendría?

Sombra adivinó sus pensamientos.

—Te aprovechaste de mi debilidad, y eso fue muy inteligente. —Acercó su cara a la de la niña.— Pero pronto me libraré de toda flaqueza. ¡Vuestra nueva Edad de Oro —añadió, bajando la voz hasta un susurro tranquilo— se convertirá en la Edad de las Pesadillas!

Los monos empezaron a gritar a la vez. Golpeaban los antiguos bloques de piedra sobre los que estaban sentados con las patas. Uno de ellos se fue columpiando, una pata tras otra, desde lo alto de las ruinas hasta aterrizar frente a Sombra.

—¿Dónde está vuestro rey? —preguntó Sombra sin expresión.

El mono balbució una respuesta.

—¿Lo habéis dejado atrás? —dijo Sombra con tono

desconcertado–. Traicionado por los suyos. ¡Tanto mejor! ¿Tienes la reliquia?

El animal alzó una bolsa. De su interior surgía un resplandor brillante y rojo. Procedía de la caja de rubí que le habían robado a la Reina Toothiana.

Katherine reconoció el resplandor. Era el mismo que surgía de la esfera de la espada de Norte y de la punta con forma oval del bastón de Bunny... ¡Era el brillo de las antiguas reliquias lunares! Inmediatamente apartó la mirada para evitar despertar las sospechas de Sombra en cuanto a la importancia de la caja. Pero comprendió que aquello debía ser lo que otorgaba a la Reina Toothiana cualquiera que fuera el poder que poseía. ¿Sería aquello lo que Sombra andaba buscando?

Con la esperanza de distraerlo, espetó:

–Vas a fracasar. Siempre fracasas.

Sombra se enderezó, volviéndose cada vez más alto, hasta que parecía una torre, y después se inclinó para mirarla. Le echó el helado aliento en el rostro. El aire se volvió tan frío como el invierno en Siberia.

Demasiado tarde, Katherine comprendió su error. Había insultado la inteligencia de Sombra. ¡Maldita sea! Tenía que haberle dejado hablar, que hablara toda la noche, y así daría a sus amigos el tiempo que necesitaban para encontrarla.

—Pero qué sabré yo —tartamudeó Katherine tratando de aplacarlo—. Tú eres el Rey de las Pesadillas y yo nada más que una niña.

Sombra se permitió una pequeña sonrisa.

—Así es. Los *juguetes* del Hombre de la Luna me son de cierta utilidad. Pero el objetivo que busco es de mayor valor... *mucho* mayor. Con él puedo formar un ejército invencible.

—¿Y qué objetivo es ese? —preguntó Katherine, usando una voz de lo más dulce e inocente.

Sombra la miró sin decir nada.

Katherine tenía que hacerle hablar, ¡tenía que lograrlo! Tenía que engañarlo para que revelara su plan. Era fundamental. Rebuscó en su cerebro algún cumplido que resultara creíble, un cumplido que le hiciera desear contarlo todo... solo para que pudiera jactarse.

—Has sido brillante a la hora de encontrar modos de malograr nuestros planes... como cuando te metiste en el genio de Norte o cuando forjaste armaduras del centro de la Tierra —dijo—. No puedo ni imaginarme lo sorprendente y temible que será tu nuevo objetivo.

Después contuvo el aliento expectante mientras Sombra valoraba sus palabras.

Los ojos del Rey de las Pesadillas se encendieron. El corazón de Katherine se aceleró. ¡*El deseo de Sombra de jactarse será más fuerte que su prudencia!*

La niña no se había dado cuenta de que el diente que se le había caído y que llevaba bien sujeto en la mano había empezado a brillar casi con la misma intensidad que la caja de rubí esculpido.

Antes de que se diera cuenta de lo que estaba ocurriendo, le arrebataron bruscamente el diente de la mano. Un soldado simiesco se alejó de ella arrastrando los pies y portando el diente. Se lo lanzó a Sombra, que lo atrapó con facilidad con la mano izquierda. Cerró el puño en torno al diente y lo apretó contra su frente. Cerró los ojos y empezó a reír con un júbilo diabólico. ¡Estaba leyendo los recuerdos del diente!

—¡Para, para! —gritó Katherine—. ¡Esos recuerdos son míos!

Pero un par de monos se abalanzaron sobre ella, la agarraron con fuerza e impidieron que atacara a Sombra. El Rey de las Pesadillas tenía los ojos cerrados, como si durmiera, y así vio todos los recuerdos que necesitaba de la niña.

Cuando al fin volvió a abrir la mano, el diente estaba negro y podrido.

Se convirtió en polvo y el viento lo esparció.

Desesperada, Katherine intentó atrapar el polvo, pero había desaparecido. Se desplomó en el suelo. Se sentía perdida y sola. Agarró la brújula que llevaba al cuello. Era el primer regalo que Norte le había dado, una brújula con una flecha que señalaba a una sola letra, la N, y apuntaba ni más ni menos que a Norte. Katherine ya la había utilizado una vez para encontrar a Norte y Ombric en el Himalaya, y ahora —estaba absolutamente segura— le mostraría que Norte estaba de camino para rescatarla. Juntos acabarían con aquel Hombre de las Pesadillas.

Pero antes de que pudiera mirar, Sombra encorvó uno de sus dedos largos y negros y la brújula voló hasta él. Sus ojos se cerraron, sostuvo la brújula un instante y la lanzó a los pies de Katherine.

—Tu Norte no viene —dijo con un toque triunfal en la voz—. La flecha no se mueve.

Sombra conocía bastante la magia de Ombric y había estropeado la brújula. Y ahora también conocía los recuerdos más queridos de Katherine, así como muchas cosas más sobre los Guardianes y ella. Además, estaba bastante convencido de saber cuál era el mejor modo de derrotarlos a todos.

Katherine recogió la brújula. La miró incrédula. La flecha se movía de modo inservible, apuntando a cualquier sitio. ¿Por qué Norte y los demás no estaban en camino?

–Te han abandonado, a su preciosa Katherine. En mis manos. –Su voz se volvió suave y astuta. Estaba intentando consolarla.– Tu lugar está a mi lado. Todo el mundo lo sabe, desde que me recordaste que una vez tuve una hija. La perdí, igual que tú perdiste a tus padres.

Katherine hizo una mueca de dolor.

–¡Para! –gritó–. ¡Por favor, para!

Luchando por contener las lágrimas, apretó la brújula contra su corazón. Cerró los ojos e intentó recitar el primer conjuro de Ombric: *Tengo fe, tengo fe*. Pero las dudas la asediaban. Nunca recuperaría el recuerdo de sus padres. Nunca sabría si la quisieron con un amor tan feroz como el que Sombra había albergado por su hija. Una sensación de vacío llenó su alma.

—Eso deseas, ¿verdad? —preguntó Sombra—. El amor de tus padres... de un padre. Yo puedo dártelo... —Su voz era baja y persuasiva.— El guardapelo... ya sabes cuál... ahora lleva tu imagen. Lo has visto en tus sueños, ¿no es cierto?

Katherine se estremeció. La duda y el miedo la recorrían. Sí, lo había visto. Había tenido esa pesadilla: había soñado que era la hija de Sombra.

—No pudiste contar con tus padres —prosiguió Sombra con los ojos de nuevo brillantes—. Te abandonaron. Cuando no eras más que un bebé. ¿Qué clase de padres hacen ESO? Y tus amigos... esos Guardianes tuyos... puedes ver por ti misma que no vienen.

—Sombra volvió a señalar a la brújula. La flecha seguía sin responder.— Sin mí, estás sola. Abandonada. De nuevo.

De pronto, Sombra empezó a arremolinarse a su alrededor. Los monos, cuyos cantos habían estado resonando de fondo, de pronto empezaron a chillar.

Con una risa macabra, Sombra echó a volar, dejando un rastro de humo negro en la noche. Katherine se quedó sola, más sola de lo que había estado en toda su joven vida.

CAPÍTULO VEINTITRÉS

Donde los Guardianes Vuelan a Punjam Hy Loo

De vuelta en el Lamadario Lunar, Norte estaba explicando a Toothiana las mejores formas de combatir a Sombra.

—Si lo sorprendemos, tendremos ventaja —le decía.

Toothiana y sus seis miniproyecciones lo comprendieron. Alzaron el vuelo. Luz Nocturna partió tras ella, luego se detuvo para volver la vista hacia los demás Guardianes. Toothiana emitió una especie de trino y sus proyecciones también se detuvieron en el aire.

—Seguid —les apremió Bunny—. Yo llevaré a los demás en un túnel.

—Sombra estará vigilando el cielo —reflexionó Ombric—. Si llegamos tanto por aire como por tierra, puede que lo sorprendamos.

La Reina Toothiana asintió con energía y se lanzó en dirección a Punjam Hy Loo con Luz Nocturna pisándole los talones y las seis miniproyecciones volando por delante.

El tren estaba listo, lleno de yetis, lamas lunares y aldeanos. Y si la presencia de los aldeanos en el tren sorprendió a los Guardianes, no perdieron el tiempo en decirlo. William el Alto, Niebla, Petter y los demás niños estaban a bordo, así como los elfos de Norte. Bunny avanzó hasta la cabeza del tren, seguido por Norte, que arrastraba consigo al Rey Mono. Lo encadenó a la puerta de la locomotora.

—Puede que nos seas de lo más útil a la hora de negociar, *Monajestad* —refunfuñó Norte—. No nos des problemas.

Norte y Ombric permanecieron junto a los controles del vagón delantero mientras Bunny se preparaba en la punta de la excavadora.

—¡En marcha, Bunny! —le apremió Norte—. ¡Tenemos que salir ya!

Bunny se volvió hacia sus amigos. Sostenía en una pata un huevo de chocolate especialmente grande.

—Es el momento de volver a desatar al pooka interior —dijo con un gesto ostentoso. Después se comió el bombón entero.

Norte hizo una mueca.

—Madre mía... Nunca estoy seguro de lo que va a ocurrir cuando se vuelve loco con el chocolate.

—Me dijo que una vez le salió una cabeza de más —exclamó Ombric alegremente.

Y, de hecho, Bunny empezó a girar, a crecer y a cambiar de forma repentina y alarmante, y antes de comprobar si tenía algún miembro de más, se convirtió en un borrón excavador gigante. Se movía con sorprendente velocidad, incluso para tratarse de un pooka. Delante de ellos solo se veía un torbellino de tierra y rocas.

Al mismo tiempo, la barba y las cejas de Ombric empezaron a rizarse. Empezaba a percibir pensamientos fragmentados de Katherine y estaba muy preocupado. Los pensamientos que le llegaban estaban llenos de desesperación. Norte también lo sintió, pero tenía inquietudes más inmediatas.

—Nunca hemos tenido un plan más alocado —le confió a Ombric.

—Nicolás, tenemos lo que necesitamos. Corazones valientes. Y mentes agudas —dijo Ombric—. Y, recuerda, siempre acabamos dejando nuestros planes y al final hacemos lo inimaginable.

Norte sonrió. El viejo aún tenía una o dos cosas que enseñarle.

CAPÍTULO VEINTICUATRO

Rabia, Desesperación y un Hilito de Esperanza

KATHERINE SE ABRAZABA las rodillas contra el pecho para reprimir el sentimiento de desesperanza que estaba empezando a abrumarla. El sudor le brotaba de las sienes y del labio superior. Sentía como si el desastre se cerniera sobre ella, y así era. Los monos saltaron de los muros de las ruinas y formaron un círculo a su alrededor.

La niña intentó ignorar sus gritos, pero se hicieron cada vez más altos e insistentes a medida que los animales se acercaban. Su corazón parecía batir al ritmo de aquel canto.

¿Dónde están mis amigos? ¡Ya deberían saber dónde estoy! Miró la brújula y la aguja inmóvil: Norte no iba a rescatarla. Y su diente… sus recuerdos se habían perdido para siempre.

Nunca había sentido tanta rabia.

Katherine se puso en pie y miró a los monos. Estaban girando en círculo a su alrededor cada vez más rápido y cantando cada vez más alto. La niña se tapó los oídos y gritó:

–¡Parad! ¡Parad!

Pero las sonrisas de los monos se ensancharon. Y luego retomaron su estridente canto.

Katherine se puso de rodillas con la brújula entre las manos. No sabía qué hacer. *¿Dónde está Norte? ¿Dónde está Luz Nocturna? ¿Por qué no han venido a por mí?* Y la desesperanza ocupó el lugar de la rabia, la indignación y la razón.

¡¿Por qué murieron mis padres cuando yo era demasiado joven para recordarlos?!

Puede que rendirse sea más fácil, pensó. *Acompañar a Sombra y convertirme en su Hija de las Tinieblas.* Al menos ese horrible dolor desaparecería. Miró hacia arriba e intentó distinguir el rostro del Hombre de la Luna. Pero un torbellino de nubes lo ocultaba. Era como si incluso el Hombre de la Luna le estuviera dando la espalda.

Ignorando a los monos, Katherine empezó a escarbar el suelo con los dedos. La tierra era blanda, y no tardó en hacer un pequeño agujero. Se detuvo un momento y luego dejó caer la brújula en el agujero. Apretó la tierra por encima. Después se incorporó y pisó el pequeño montón.

Estoy cansada de luchar, pensó. *Ya no quiero crecer más.*

Una brisa agitó el aire, y Katherine se alegró de que por fin llegara un momento de frescor. Fue entonces

cuando vio, a lo lejos, una especie de colibrí que avanzaba hacia ella.

CAPÍTULO VEINTICINCO

Una Breve Conversación Mientras los Observadores Son Observados

Durante el vuelo de Luz Nocturna y Toothiana hacia Punjam Hy Loo, el viento y las nubes parecían moverse con ellos. Por segunda vez en dos días, Luz Nocturna tuvo la sensación de que alguien lo observaba. Se dio cuenta de que Toothiana miraba de un lado a otro, como si sintiera lo mismo. Luz Nocturna intentó saber si Toothiana podía oír sus pensamientos. *¿Tienes esta sensación de «observación»?*, le preguntó con el pensamiento.

Por un momento, no respondió, pero justo cuando el niño espectral pensaba que no compartía el mismo don que los Guardianes, ella volvió la cabeza de aquel modo que recordaba a un pájaro y le miró a los ojos sin dejar de batir sus gloriosas alas.

—Sí, Niño Silencioso —dijo alzando la voz por encima del viento—. He sentido «la observación» muchas veces. Ella es un misterio. Pero siempre está ahí. En el viento. La lluvia. La nieve. El trueno y el rayo. No sé si es mala o buena. Pero ¿por qué se interesa por la próxima batalla? No sabría decirlo.

CAPÍTULO VEINTISÉIS

El Ajuste de Cuentas

HUBO UN MOMENTO EXTRAÑO mientras se acercaban a Punjam Hy Loo. Cada Guardián lo sintió, in-
cluida Toothiana. Ya no solo querían derrotar a Sombra o apresarlo o exiliarlo. Querían que muriera.

Ya fuera por rabia, dolor, odio, venganza o incluso lógica fría y calculadora, querían matarlo. Era un
oscuro ajuste de cuentas. Cada uno de ellos miró la
Luna con la esperanza de que su amigo y líder les di-
jera qué hacer. Pero una tormenta oscurecía los cielos.

Y estaban solos.

CAPÍTULO VEINTISIETE

¿Le Pueden Crecer a un Pooka Seis Brazos?

EL VIAJE FUE EXTREMADAMENTE rápido. El primer vagón del tren oval emergió de la tierra en silencio cerca de la cima de Punjam Hy Loo. Norte soltó la cadena del Rey Mono, lo agarró por el cuello y lo arrastró al exterior. La espada del cosaco refulgía. Ombric salió tras él.

Bunny les hizo señales para que guardaran silencio. Y en silencio estaban. De hecho, estaban estupefactos. Porque Bunny estaba hecho una pena: cubierto de capas de barro y piedra pulverizada, parecía una estatua más que un conejo gigante. Su capa había desaparecido, se había rasgado por completo.

Pero lo más sorprendente era que el chocolate que había comido le había convertido en una versión guerrera, grande y musculosa de sí mismo. Además, como sorpresa adicional, tenía seis brazos, tres en cada lado.

Norte frunció el ceño.

—Esto es demasiado raro, incluso para mí.

—No te preocupes —replicó Bunny alegremente—. Volveré a ser yo mismo y a tener dos brazos cuando hayamos terminado.

Luego mandó callar a Norte con las tres manos derechas. Norte pensó que aquel gesto no tenía sentido: ¿cómo iban a oírles con aquel extraño cántico que retumbaba por la densa selva?

Miraron a su alrededor. La oscuridad era casi total. Ni una estrella brillaba a través de lo que parecían nubes de mal agüero, y las ráfagas de viento parecían soplar desde cualquier dirección. Toothiana y Luz Nocturna descendieron de las ramas más altas de un baniano enorme para unirse a ellos.

¡Bunny volvió a comerse el chocolate de los seis brazos!

—Todo recto. En un claro —dijo Toothiana en voz baja—. Katherine.

—¿Algún temor? —preguntó Norte.

Toothiana negó con la cabeza.

—Monos. Un ejército de monos.

—Nuestras reliquias no tendrán el mismo efecto en criaturas de carne y hueso —dijo Ombric preocupado.

—Sombra es muy astuto —declaró Toothiana.

—En efecto —replicó Norte—. Pero podremos con ellos.

—Los monos son una mezcla peligrosa —advirtió ella—. Mitad humanos. Mitad animales. Lo peor de cada uno. Y no obedecen a ninguna ley, ni siquiera la de la selva. Son un ejército temible.

—¡Mi ejército! —chilló el Rey Mono.

—¡Silencio! —siseó Norte. Le empujó hacia sus elfos y ordenó—: Custodiadlo.

Después, echando de lado su abrigo y usando la esfera luminosa de su espada para alumbrar el camino, avanzó por la espesa y húmeda selva hacia los primates cantarines.

El viento se alzó y revoloteó a su alrededor. Toothiana conocía el camino, por lo que avanzó delante de Norte para dirigirlos a través de la maleza. El camino junto a inmensas plantas tropicales y marañas de enredaderas les pareció interminable, hasta que los cánticos pararon repentinamente.

Los Guardianes sabían que estaban acercándose al claro; la selva parecía menos densa y podían distinguir la estructura de edificios delante de ellos. El sable de Norte se hizo más brillante, al igual que el huevo en la punta del bastón de Bunny. Pero Luz Nocturna brillaba de forma tenue. Para llevar a cabo su plan, tenía que ser sigiloso.

Las reliquias proporcionaron luz suficiente para ver el ejército de monos que se reunía sobre cada piedra, montículo y torre que había en la ciudad de Punjam Hy Loo. Toothiana ensanchó sus alas y susurró:

—Estamos a las puertas del Templo del Elefante Volador.

Los Guardianes avanzaron hasta llegar a un muro de monos. Desenvainaron sus armas para atacar, pero, para su sorpresa, las criaturas se apartaron y los dejaron pasar. Estaban equipados con todo tipo de armas: dagas, espadas, lanzas, y todos llevaban toscas armaduras.

Bunny meneó los bigotes.

—Sombra tiene muchos recursos a la hora de elegir a sus hombres. ¿O debería decir a sus monos?

Norte no estaba impresionado. Su espada se encargaría de aquellos monitos sin problemas.

Cuando Toothiana dio la señal, Luz Nocturna salió despedido y desapareció en la oscuridad. Mientras los demás atravesaban la última fila de monos, distinguieron en las tinieblas frente a ellos el brillo de una sola antorcha cuyas llamas se agitaban al viento. Entonces vieron a Katherine. Estaba atada a un poste con enredaderas gruesas frente a las puertas gigantes del Templo del Elefante Volador. Detrás de ella estaba Sombra. De su cuello colgaba la caja de rubí de Toothiana.

—Un paso más —advirtió Sombra, llevando los largos y oscuros dedos a un suspiro de la mejilla de Katherine— y la haré mía.

Se detuvieron. El viento arreció. Una telaraña de rayos alumbró el cielo.

Sombra sonrió con astucia y después rugió una orden.

El ejército de monos comenzó el ataque.

CAPÍTULO VEINTIOCHO

Una Soberana Batalla Simiesca

Los monos atacaron con tal furia que sorprendieron incluso a Norte. La empuñadura de su espada se ajustó con fuerza a su mano y empezó a asestar golpes a las criaturas que se abalanzaban sobre él gritando.

—¡Usa la magia, viejo! —gritó Norte a Ombric, con la esperanza de que el mago tuviera un conjuro o dos con los que pudiera ayudarle a rechazar aquella arremetida. Norte golpeaba a diestro y siniestro, pero fallaba más de lo que él quisiera. *Con humanos, pensó, puedes imaginar lo que van a hacer, pero estos monos están locos.*

Toothiana sobrevoló el combate empuñando sus dos espadas, dando sacudidas y girando cada vez que algún mono aterrizaba sobre su espalda para intentar romperle las alas.

Bunny lograba causar considerable daño a cualquier simio que se acercara a alguno de sus seis enormes brazos.

Mientras tanto, Luz Nocturna se ocultaba sigilosamente en lo alto del templo, permaneciendo en las sombras. ¿Y a su lado? Las seis miniproyecciones de Toothiana. Esperaban que llegara su momento.

El timbre de los chillidos de los monos era ensordecedor. Y por cada mono que caía a manos de los Guardianes, tres parecían ocupar su lugar. Se abalanzaban desde lo alto de los árboles como langostas gigantes. Aquellos enjambres hacían casi imposible acercarse a Katherine. ¡Y el calor, aquel calor cruel! El sudor les caía por la frente; Norte apenas podía ver.

Por eso no se dio cuenta de que los aldeanos, los yetis y los elfos, arrastrando consigo al penoso Rey Mono, se habían unido a la batalla. Incluso los niños —Petter, Niebla y William el Alto— se habían agarrado a gruesas enredaderas y se habían lanzado hasta el centro de la acción sosteniendo dagas fabricadas por los yetis.

—¡Liberadme! —gritó el desaliñado rey, pero su ejército no le hizo caso alguno; ahora seguía a Sombra.

Ombric, por su parte, estaba esforzándose por calmar el viento perturbador. En un momento dado había parecido favorecer a Sombra y los monos, haciendo retroceder a Norte en su avance hacia Katherine, pero después una ráfaga de viento desvió una flecha dirigida a la cabeza de Norte hacia el tronco de un baniano. Incluso los enormes yetis avanzaron penosamente contra aquel vendaval huracanado. Y aunque intentó que funcionaran todos sus encantamientos meteorológicos, Ombric no pudo aquietar aquellas bocanadas escalofriantes que se enrollaban y se retorcían alrededor de los combatientes.

Y a pesar de su número, de sus armas e incluso de las capacidades mágicas de Ombric, los Guardianes no podían mantenerse a la altura de la horda de monos. Era como si Sombra hubiera llamado a su servicio a todos los monos del mundo.

El Rey de las Pesadillas permanecía apartado y observaba la escena con satisfacción. Se burlaba de los Guardianes y los monos por igual: disfrutaba del caos que había provocado.

—¡Bravo! —animó cuando un mono se catapultó a sí mismo hasta la espalda de Toothiana. Se rio con fuerza cuando Toothiana esquivó a la criatura volante y esta se cayó al suelo, quedando hecha un montón inerte.

Sonrió con espantoso deleite cuando tres monos se lanzaron a perseguir a Gregor el Sonriente y Serguéi el Risitas. Los tiraron por los aires como a juguetes mientras los demás elfos intentaban rescatar a sus indefensos amigos.

Los propios Guardianes empezaban a tambalearse exhaustos. Norte comprendió que fallaba la mayoría de sus golpes... Nunca se había visto en tal situación. Bunny apenas podía levantar alguno de sus seis brazos para combatir aquella horda infinita y ruidosa. Al fin, Ombric alzó el bastón y gritó alterado:

—¡Basta! ¡Basta! ¡Nos has derrotado, Sombra!

—¡Nunca! —protestó Norte inmediatamente. Pero él tampoco era capaz de continuar. Si no fuera porque la espada reliquia estaba ajustada a su mano, sin duda la habría dejado caer.

Los monos los rodearon y se prepararon para matarlos.

Sombra estaba encantado. Esto era exactamente lo que quería: que los Guardianes y sus seguidores se sintieran derrotados.

Alzó la oscura mano y los monos se detuvieron. No obstante, mantuvieron las armas en posición.

Los Guardianes y Toothiana avanzaron a trompicones y jadeando. Bunny tuvo que ayudar a Norte con tres de sus brazos y a Ombric con los otros.

—¿Qué es lo que quieres, Sombra? —preguntó Ombric con la respiración entrecortada.

—El elefante volador —dijo con sencillez.

Toothiana apretó los ojos y dijo:

—Solo obedece a mis órdenes.

—Oh, ya lo sé, majestad. Por favor, refréscame la memoria… ¿De qué eres reina? Ah, sí, de un montón de ruinas. De un puñado de diminutas hadas y de un elefante volador. Un elefante al que nadie ha visto nunca. No es precisamente un gran reino.

La Reina Toothiana extendió las alas y siseó a Sombra.

—De lo más elocuente, Majestad. Ahora, SACA AL ELEFANTE o tomaré a esta niña —añadió Sombra, colocando la mano peligrosamente cerca de la frente de Katherine– y oscureceré su alma para siempre.

Toothiana dio un paso hacia Sombra con las espadas todavía en alto. Su rostro estaba decidido: parecía resuelta a atacar.

Sombra le lanzó una mirada heladora.

–Querida niña, no podrás hacerme daño con esos cubiertos.

En ese preciso momento, el Rey Mono se zafó de sus captores élficos y renqueó a toda prisa hacia Sombra.

–¡Maestro! –balbució–. ¿Harás que el elefante me devuelva la humanidad?

Sombra miró desde arriba a aquella penosa criatura y se rio.

–No, idiota. Le pediré que elimine lo que queda de la mía.

El mono pareció tan confundido que resultaba casi cómico.

—Es mi único defecto —prosiguió Sombra—. Puedo sentir cosas. Cosas humanas. Es mi única debilidad. —Miró a Toothiana y añadió:— Tú deberías entenderlo, Majestad, ya que tú misma eres medio humana. Piensa en todo lo que podrías lograr si no tuvieras esa carga.

Toothiana se limitó a mirarlo.

—Si ese elefante puede arrebatarle todas las debilidades a esta miserable criatura —exclamó señalando al mono—, seguramente pueda hacer lo mismo conmigo.

—Si ese es tu deseo —dijo Toothiana con tono imparcial.

—Es el único modo de que la recuperéis —explicó Sombra moviéndose hacia Katherine.

Norte, con el rostro hecho una furia, exclamó:

—¡Será invulnerable!

Toothiana se negó a mirar a Norte.

—No puedo permitir que haga daño a una niña.

—Entonces bajó las armas y, cerrando los ojos, murmuró:— Hermanas de Vuelo, perdonadme.

Los Guardianes miraron a las estatuas de madera que rodeaban la base del templo. Eran efigies magníficas. Hermosas mujeres aladas muy altas, congeladas para siempre.

—Ojalá pudieran ayudarnos —gimió Ombric.

El viento se calmó un poco mientras las enormes puertas del templo se abrían lentamente con un crujido.

Al principio solo distinguieron la oscuridad del interior del templo. Después unos pesados pasos agitaron el suelo.

CAPÍTULO VEINTINUEVE

La Oscura Sorpresa

o

Todo se Arriesga por Clemencia

HABÍA LLEGADO EL MOMENTO. La trampa estaba lista. Todos sabían lo que tenían que hacer. El elefante volador salió del templo como una explosión. Con las alas desplegadas y la trompa y los colmillos alzados, apartó a Sombra de Katherine y lo inmovilizó contra el suelo. En ese preciso instante, Toothiana saltó hasta Katherine y, con un golpe de espada, cortó la enredadera que la ataba al poste. Sus seis miniproyecciones volaron como dardos desde su escondite en lo alto del templo y arrancaron la caja de rubí tallado del cuello de Sombra. El ejército de monos, momentáneamente pasmados por el ataque sorpresa, se recuperaron a toda prisa y atacaron a los Guardianes, convencidos de que los matarían allí mismo.

Les esperaba otra sorpresa.

—¡Se acabó la actuación! —gritó Norte, blandiendo su espada con su furia habitual.

Bunny y Ombric abandonaron su pose extenuada y se convirtieron en derviches en acción que dejaban fuera de combate a docenas de monos. Los yetis, los elfos y los ciudadanos de Santoff Claussen hicieron lo mismo. ¡Todo había sido una farsa! ¡No estaban en absoluto derrotados! La batalla se volvió febril en cuestión de segundos.

Pero aún había más sorpresas.

Toothiana tomó la reliquia de rubí que sus mini-proyecciones habían recuperado, se la colocó sobre el pecho y repitió las palabras que solo había pronunciado una vez antes:

—Madre, padre, ayudadme.

*Nicolás San Norte dando lo mejor
contra lo peor*

En cuanto lo hubo dicho, cientos —no, miles— de minúsculas versiones de Toothiana empezaron a salir de ella como ondas de luz.

Volaron alrededor de los monos como un ejército sin fin de avispas, haciendo trizas a los monos con sus minúsculas espadas y flechas.

Sombra forcejeaba contra el elefante mientras Luz Nocturna apuntaba cuidadosamente desde lo alto del tejado del templo. El golpe final lo daría su bastón.

Katherine sabía lo que se avecinaba. Una de las minúsculas versiones de Toothiana había volado a su lado fuera del templo para contarle todos los detalles del atrevido plan de los Guardianes. Pero ahora que Katherine se había liberado de las garras de Sombra, este iba a morir. Pronto, el bastón con punta de diamante de Luz Nocturna, más afilado que cualquier lanza, la única arma que había logrado atravesar el corazón del villano, volvería a hacerlo.

A su alrededor reinaba el caos típico de la batalla. Monos, yetis, magos, villanos y héroes estaban inmersos en una batalla a muerte. Todos menos Katherine. Permanecía quieta, mirando a Sombra. En ese momento, él supo lo que ella pensaba. Sabía que su fin llegaría inmediatamente. Y Katherine vio miedo en sus ojos.

Había una cosa que la niña tenía que saber antes del fin, así que hizo algo que no entraba en el plan.

CAPÍTULO TREINTA

Aires Nuevos

Luz Nocturna parpadeó. No podía lanzar su bastón. ¡Katherine se había interpuesto!

¡Apártate!, pensó con todas sus fuerzas. Pero Katherine no contestaba.

Supo que algo iba rematadamente mal. Voló con todas las fuerzas que pudo reunir. Pero el desastre se estaba produciendo más deprisa de lo que podía imaginar.

Katherine miró la mano de Sombra. El color carne se había extendido por el brazo y había llegado hasta el hombro. Pero no era eso lo que la tenía hipnotizada. Era el guardapelo. Sombra seguía aferrando el guardapelo. De hecho, el objeto parecía haberse fundido con sus dedos, como si fuera parte de él. El mismo guardapelo que ella le había enseñado durante la batalla en el centro de la Tierra. El guardapelo que portaba la imagen de la hija perdida de Sombra. Pero ¿de quién sería la imagen en su interior? ¿Sería el rostro de Katherine? ¿Sería cierta su pesadilla?

Necesitó todo su valor para mirar. Y entonces lo vio. La imagen casi había desaparecido; solo quedaban fragmentos de ella... Sin duda, Sombra había intentado arrancarla. Pero Katherine vio lo suficiente para saber que era la vieja imagen de la hija de Sombra. Sintió cierto alivio, pero después volvió a mirar a Sombra a los ojos. Estaban tan angustiados, tan asustados, perdidos en el dolor... *No se merece morir*, pensó. *Incluso el peor de los villanos merece clemencia. Antes fue un padre y un héroe. No había trazado su pasado ni el presente.*

Sombra, derrotado

Todos los Guardianes sintieron aquella extraña mezcla de repugnancia y dolor que abrumaba a Katherine.

Entonces la otra mano de Sombra agarró la de la niña. Sus ojos se ensancharon. El tacto de Sombra resultó inesperadamente amable.

Luz Nocturna intentó liberar a Katherine de Sombra, pero antes de que lo lograra, el viento se alzó de nuevo: las ráfagas azotaron todo el claro, doblando árboles por la mitad y arrancando las hojas de las ramas.

El cielo se oscureció más deprisa de lo que ninguno había visto nunca. Un remolino de nubes se abrió paso entre las cimas de los árboles y descendió en el claro. En medio de todo había una mujer alta y de aire majestuoso, envuelta en una capa. Su rostro era alargado pero hermoso, y parecía haber envejecido en comparación con la imagen que habían visto de ella. A su alrededor se arremolinaban

*La Madre Naturaleza hace
una aparición dramática e inesperada.*

pepitas de granizo y de relámpagos. La masa nubosa avanzó hacia Sombra y Katherine y los engulló.

Y después, del mismo modo repentino en que había llegado, la nube desapareció.

Y con ella, Katherine y Sombra.

El ejército de monos había huido en desbandada al interior de la selva. Todos los que se habían quedado permanecían allí sin palabras. ¡Katherine había desaparecido! Habían fracasado.

Norte fue el primero en ordenar sus pensamientos.

—Esa mujer de las nubes... ¿es la hija de Sombra?

Ombric miró a Luz Nocturna. No tenía que preguntar en voz alta para que el niño espectral lo entendiera.

Luz Nocturna contestó centelleando.

Pero su respuesta no era la que Ombric esperaba. Se volvió a Toothiana. Ella asintió.

El viejo mago parpadeó rápidamente, procesando lo que acababa de descubrir. Norte se aclaró la garganta con impaciencia.

—Escúpelo, viejo.

Ombric se atusó la barba una vez y dijo al fin:

—Parece ser que tiene otro nombre. Algunos la conocen como la Madre Naturaleza.

La oreja izquierda de Bunny se meneó, luego la derecha hizo lo mismo.

—Me he topado con ese ser antes —explicó el pooka—. No siempre es un espíritu benevolente, y es muy impredecible.

Los aldeanos, los niños y los yetis se agruparon. Los Guardianes fijaron la vista en la llegada del amanecer, unidos por un sentimiento. No era miedo, ni odio, ni venganza. Era un sentimiento de pena por Katherine y Sombra.

Toothiana expresó en palabras lo que todos sentían:

—No hemos fracasado, pero hemos tomado el camino equivocado. Queríamos matar —dijo con voz suave.

—No hemos sido mejores que Sombra. Quizá peores —afirmó Ombric.

—Pero Katherine se ha acordado —susurró Norte.

Allí estaban, en lo alto de Punjam Hy Loo, preocupados pero vivos, y seguros de una cosa: la fuerza de Katherine había sido mayor que la suya. Y esperaban y confiaban en que su fuerza la mantuviera viva más allá del alba de aquel nuevo día.

CONTINUARÁ...

No te pierdas el próximo episodio

de nuestra saga

EL
CREADOR
DE SUEÑOS

— ◆ —

Y LA GUERRA DE LOS SUEÑOS

Con la desesperada misión de salvar a Katherine y la aparición de un muchacho incorregible de considerable interés que se llama Jackson Overland Escarcha.

Otros títulos de William Joyce en Bambú y Combel

LOS GUARDIANES: LIBRO PRIMERO
Nicolás San Norte y la batalla contra el Rey de las Pesadillas

LOS GUARDIANES: LIBRO SEGUNDO
Conejo de Pascua y su ejército en el centro de la Tierra

LOS GUARDIANES DE LA INFANCIA: LIBRO PRIMERO
El Hombre de la Luna

LOS GUARDIANES DE LA INFANCIA: LIBRO SEGUNDO
Sandy: La historia del Creador de Sueños